紅樓夢小人物Ⅴ

微塵眾

蔣勳

夢紅樓系列

我喜歡《金剛經》說的「微塵眾」，

多到像塵沙微粒一樣的眾生，

在六道中流轉。

目次

自序——

落了片白茫茫大地真乾淨

我口中啣著一塊石頭誕生了。

他們卻都說是玉，是通靈寶玉，上面還鐫刻了八個字：莫失莫忘，仙壽恆昌。

那其實是一塊石頭，是女媧採集來的石頭，有各種不同的顏色。三萬六千五百零一塊石頭。她把採集來的石頭放在大鍋裡用火熬煮，煮成濃稠的熔岩，便用這彩色斑爛的熔岩修補天空上的破洞。

破洞修補好了，西北邊的天空留著色彩豔麗閃耀如翡翠琥珀瑪瑙珊瑚的霞光，走過的人都停下來觀看讚歎。

那是夕陽。夕，亦日亦月，非日非月，是在日月交替的曖昧時光。女媧在天上留下了像一道一道咒語般的神秘符號和色彩。

符咒都是無法解讀的，然而自古以來人們都試圖解讀符咒。

莫失莫忘，我會失掉什麼嗎？我會遺忘什麼嗎？

原來計畫用來補天的一塊石頭，卻被遺棄在洪荒的大地上，沒有用了，那麼我還有存在的意義嗎？

莫失莫忘，歲月來去，我只是丟棄在地上的一塊石頭。那僅僅一塊，剩下來沒有用來補天的頑石。

頑石，沒有用，沒有靈性，不能成為天上閃亮的霞光。被遺棄在大荒山，被遺忘在無稽崖，孤單寂寞，過了無數歲月。日月交替，星辰流轉，在青埂峰下，一塊石頭，無想、有想，非無想、非有想，開始感覺到了自己，開始意識到了自己。

一片葉子，通常在三億年以上漫長的時間，慢慢尋找到自己的形狀。為了吸收日光，形成葉片；為了要分布水分，形成葉脈；為了在暴雨時要快速排水，形成狹長的葉尖，或者形成蠟狀的薄膜；為了要阻擋昆蟲齧食侵害，形成葉緣的鋸齒或細刺。

一塊石頭，會如何尋找自己的形狀、體積、重量、質地？

一塊石頭，會如何尋找自己在高溫時成為熔岩液體流動的狀態，或者，噴發時飛升成氣體雲霧的渺茫之感？

一塊石頭，會記得數億年過去大荒山裡的風聲雨聲嗎？自怨自哀的石頭，怨恨、哀傷、寂寞、忌妒、失落，也都會讓一塊石頭從無想慢慢成為有想嗎？

他聽到草木在大荒的風裡颼颼的聲音，他彷彿覺得那像是一種哭泣，然而，他只是一塊石頭，青埂峰下的一塊頑石，在沒有用的自怨自哀的寂寞裡，度過漫長歲月的頑石。

自怨、自哀，也是修行的過程嗎？孤獨和肉體的痛，煩惱和牽掛，也都是修行的條件嗎？

然而，是多少歲月裡痛和孤獨的熬煉，他才確定聽到了哭聲。很低微的哭泣的聲音，夾在洪荒的風裡，草木颯颯，那哭聲必然在大寂靜中讓石頭驚動了。

有想、無想，他有了牽掛，也有了煩惱。

「無明所覆，愛緣所繫」，他開始要經歷愛恨了。

石頭左思右想，石頭東張西望，牽掛都是煩惱，牽掛也使他想要流動，想要噴發。

關於大荒山裡石頭的故事，都寫成了《石頭記》，至於《紅樓夢》，或許只是人

攝影：林志潭

間的多事而已。

我們有時候做夢，會夢到自己變成一塊石頭。那或許不是夢，是在夢裡跟真正的自己相遇了。

幾世幾劫之後，還會有機會跟真正的自己相遇嗎？

那石頭找到了哭聲，是一株草木，帶著絳紅色的珠光，在風裡搖曳。纖弱，細瘦，好像沒有被好好照顧，躲在幽微的角落低低哭泣。

如果一種哭聲，聽過幾億年，那哭聲會不會變成肉體上忘不掉的記憶？

是洪荒裡的哭聲，還沒有肉體之前茫昧無以名之的哭聲。

好像是哭聲讓石頭有了移動的心思，是想靠近哭聲的念頭讓他流動起來了。他彷彿忽然記起來了，石頭曾經是噴發的熔岩，這冰冷沉重的身體，曾經何等熾熱，觸碰到一點點他的高溫都要化為灰燼。

熾熱高溫在洪荒中冷卻成了石頭，石頭自己也遺忘了，他的身體曾經流動飛揚，他的身體裡還封存著火種，可以成為大火，讓草木世界燃燒成灰燼。

那是石頭的一個故事，是《石頭記》的開始。

石頭牽掛草木，擔心這纖弱單薄的草木會枯萎，就日日以靈河的水去澆灌。

所有的牽掛都如此開始了煩惱，我害怕起來，我澆灌過的每一個盆栽，我照顧過的每一株樹木，都記得我的牽掛嗎？

我在荒野的河岸邊每一天餵食的流浪狗，牠們也都會記得我的牽掛嗎？

「汝愛我心，我憐汝色，以是因緣，經百千劫，常在纏縛。」

啊，牽掛原來是糾纏的開始。

那麼，可以沒有糾纏嗎？可以不要有糾纏嗎？

石頭其實是一直聽到哭聲的，因為哭聲，他找到草木；因為哭聲，他用靈河的水澆灌；因為哭聲，他想試試看離開石頭的身體；因為哭聲，他走了，找到新的胎生肉體，成為一個姓賈的家族的孩子。他出生時嚎啕大哭，四周圍觀的人就看到了他口腔中一塊瑩潔發亮的玉。

只有他自己知道，那是一塊石頭，還帶著洪荒裡哭聲的記憶。

石頭日日澆水，那一株草因此長得很茂盛。然而石頭走了，草木在繁華裡落寞著。茂盛的草木都有感傷，繁花盛放原來如此淒涼。這絳珠草無想、有想，有了牽掛煩惱。她自己問自己：這些歲月裡得他雨露之恩，要怎麼償還啊？

我要怎麼還他給我的水？

愛，要不到，多麼痛苦。然而很少想到，愛，還不出去，原來可能是更大的痛苦。

絳珠草要把所有石頭給她的水全部償還回去。

草木有願，努力修行，又是數億年過去吧，草木找到了一個女子的身體。她要到人間去，去跟石頭相遇，把石頭給她的水還掉，用一生的淚水來還。

《紅樓夢》的故事，回到《石頭記》的原點，是還眼淚的故事。

啣著一塊石頭誕生在賈家的男孩子，被命名「寶玉」，身上永遠佩帶著那一塊出生時的石頭，莫失莫忘。草木修成女體肉身，跟著來了，誕生在林家，取名「黛玉」，她的母親是賈敏，賈家嫁出來的女兒。

來到人間，石頭和草木是表兄妹，剛開始住得很遠，後來黛玉喪母，幾歲就千里迢迢北上投靠外祖母。

見到了石頭，石頭已經十歲左右，看到妹妹，很篤定地說：「這個妹妹我曾見過的。」

石頭說話，常常是荒唐之言，大人笑他「胡說」，但他們真的見過，在洪荒之前，在無可稽考的歲月，這塊石頭和這株草的確相見過。

石頭曾經用水澆灌她，這一世，她回來償還。

他們都聽到了哭聲，黛玉總是哭，因為她還完了眼淚才能走。

我們總在找哭聲，「從痴有愛」，《維摩詰經》說的好像也是石頭和草木的故事。僧肇註解《維摩詰經》的「痴愛」說：「群生之疾，痴愛為本。」因為「痴」、「愛」，眾生都生了病，但僧肇好像也沒有解決的辦法，他說：「痴愛無緒，莫識其源。」

我們不知道痴愛從哪裡來，找不到源頭，沒有邏輯，無法整理出頭緒。

石頭和草，都只是痴愛的故事吧。

把石頭的故事說完，有一個和尚、一個道士遠遠走來，笑吟吟地，看著青埂峰下一塊頑石，好像說「別來無恙」。

那塊頑石去了好多地方，認識了好多人。

但是在熱鬧繁華的人群裡，他總是聽到低微的哭聲。無論如何眾聲喧譁吵雜，他一靜下來就聽到那哭聲，那麼細微低抑，四周的人都聽不到，但他聽到了。

那哭聲一路跟隨而來，莫失莫忘，是那一個瘌痢頭和尚和一個跛腳道士笑著跟他說的話。

不可失去什麼？不可忘了什麼？

為什麼洪荒裡總是哭聲？

他似乎還記得一塊石頭最初的體溫，從熔岩的熾熱滾燙逐漸涼冷下來的漫長記憶。

石頭是頑劣的，沒有任何人比他自己更知道他有多麼頑劣。

他是「混世魔王」，他要在人間受寵，受祖母、母親寵愛，他要驕縱不法，他要顛覆人世間一切禁忌與規矩，他要用最初熔岩的體溫燃燒起來，讓大家看毀滅裡的繁華。

有一個君王，為了要看女子的笑，燃燒起烽火；有一個君王，燃燒起自己的京城，看大火熊熊，看毀滅裡無與倫比的美。

石頭的身上有毀滅的基因，他記得無才可補天的洪荒裡的孤獨。

十三歲或十二歲，他生理上發生了變化，喝了酒，醉醺醺睡在秦可卿的床上。他被秦可卿的被褥包裹著，身上都是秦可卿的氣味。這個女人，是他姪兒賈蓉的妻子，然而他做了夢，到太虛幻境，遇到警幻仙姑，遇到和秦可卿長得一樣的仙姑兼美，他在夢中做愛，遺了精。

夢醒時，他口中還叫著：「可卿救我！」

痴愛無緒，其實沒有人可以救他。

有一天他會知道，要跪伏在一片白茫茫大地上，向遠遠的人間的父親磕頭，那個父親也當然只是人間的假象。他長跪叩頭，其實只是要跟自己的肉身告別吧。父親是假象，母親當然也是假象，連自己用了多年愛恨牽纏、錦衣玉食的肉身，也一樣是假象吧。長跪叩頭，是和夢幻泡影裡的自己告別，回到洪荒，依然只是一塊無思無想的頑石吧。

不知不覺《微塵眾》寫了這麼多篇。當初只是想再一次整理石頭在人間遇到的所有生命，像夢裡有肉體緣分的秦可卿，像遺精在褲子上被發現的丫頭襲人，他們都有了不可解的緣分。

沒多久，他愛戀了秦可卿漂亮的少年弟弟秦鐘，又跟秦鐘爭著要小尼姑智能兒手裡的一碗茶。

秦可卿死了，出殯喪禮上認識了北靜王，北靜王送他一條紅麝串，他回家把麝串送給黛玉，黛玉丟回去說：「什麼臭男人拿過的……」

出殯的路上他還遇見了農家的二丫頭。僅僅見一次面，風塵滾滾，他們再也不會相見了。

緣分有時候很短，匆匆擦身而過，一回頭就不見了，明知不會再見，但還是想回頭。

或許石頭開始知道，生命無論如何活下去都是遺憾。

和不愛的人在一起，是遺憾。和所愛的人在一起，好像也一樣是遺憾。他看看薛寶釵，看看林黛玉，不知道是金玉良緣，還是木石前盟。

或許在人間遇到的所有生命都只是微塵眾生，金釧是微塵眾，蔣玉菡也是微塵眾；晴雯是微塵眾，晴雯一張一張撕碎的扇子也是微塵眾，她生病徹夜補好的雀金裘也一樣是微塵眾。賈環手中的油燈，馬道婆的符咒，柳湘蓮的俊美灑脫，趙姨娘的鄙吝卑微，也都只是微塵眾。

我可以嘗試用微塵眾的方式，閱讀一部小說裡的芸芸眾生嗎？

微塵眾無論如何也只是人間的一場假象，石頭卻對假象貪嗔痴愛，顛倒夢想。

我們何嘗不如此？把一部《石頭記》認真當作《紅樓夢》。

我可以用微塵眾的方式，閱讀我自己一生遇到的芸芸眾生嗎？

《石頭記》或《紅樓夢》都可以在街頭巷尾閱讀。將近四十年，一次一次來日本京都三十三間堂，記得第一次走進來，被一千尊一式一樣的觀音像震撼，一千尊一式一樣的千手千眼觀音菩薩造像。後來一次一次來，發現每一尊造像的不同，高一點，矮一點；胖一點，瘦一點；憂愁一點，喜悅一點；牽掛多一點，少一點，原來每一尊有每一尊的心事。我也執著，慢慢開始分辨，哪幾尊是湛慶雕刻製作的，哪幾尊是康圓製作的，祂們有哪些地方不一樣。

看得很細的時候，會看到細長的眼裡偶爾泛出的淚光，會看到嘴角微微上揚的笑，彷彿聽到哭聲笑聲，會驚訝一尊觀音腰腹間微微的呼吸。

合十敬拜，知道自己走火入魔了。想起石頭一生中遇到的，像妙玉、像賈瑞，都只是走火入魔吧。

一千尊觀音胸前合十的手，有的鬆，有的緊，也都不完全一樣。

二〇一五年深秋再來三十三間堂，一列一列排開的一千尊觀音，也都像《石頭記》裡的眾生，他們原來也如此相像。是法平等，因為執著，我就看到他們的不同，有分別，也有了愛恨。

還想再跟許多愛紅樓的朋友一起讀《石頭記》，再多讀幾年，不知道會看到什麼？

總惦記著賈薔買給齡官的那一隻雀鳥，叫做玉頂金豆嗎？不知飛去了哪裡？

還有黛玉瀟湘館養的那一隻鸚哥，會嘆氣，也會吟詩。

總惦記著芳官右耳眼裡那一粒玉塞子，不知它最後如何？

總惦記著史湘雲掉在芍藥圃花瓣裡的扇子，被一重重花瓣掩埋，可曾何時再被發現？

總惦記著尤二姐吞下的那一塊金子，在腸胃中墜斷，那麼沉重的一塊金子，還在傷痛的肉體中嗎？

而尤三姐的眉宇俊美，卻帶著嗔怒傲氣，像興福寺那尊眉頭緊鎖的阿修羅。可以把微塵眾一一樹立起來，不知會不會像一千尊觀音，如此相像，又如此各有心事。

再一起讀幾年《石頭記》，在眷戀感嘆處用紅筆圈點批註，也在該放下的時候放下，把它再還給一僧一道。

我不知道石頭後來是不是出家做了和尚，更多資料是說他在家敗人亡之後淪落為街頭乞丐，為了餬口，做了更夫，跟人吵架鬥毆，被北靜王遇到。

他或許並不想遇到北靜王，寧願就只是一名落難的更夫吧。

這本《微塵眾》可有可無，只是謝謝成瑜和《壹週刊》的朋友成全，寫了好些時日。謝謝遠流願意出版，祥琳為每篇修改註記，她像脂硯齋。秦華的設計色彩都彷彿他也在《紅樓夢》裡活過，有一樣天上的族譜。

謝謝裴偉，他在明福樓唱的《遊園驚夢》讓我恍惚，不知是何年何月了。

二〇一五深秋　於京都堀川七條

紅樓夢小人物

V

微塵眾

一

黛玉的小氣

林黛玉潛藏在心裡的不安全感透露了出來，
一個寄人籬下的孤兒，她從小的備受疼愛會被別人分佔嗎？
黛玉多少微塵眾生的小氣，寶玉還是覺得「可愛」。
沒有經過愛，不會懂這樣情深的畫面。

這幾年，也試著用微塵眾生的角度看林黛玉。林黛玉一般都被認為是《紅樓夢》的主角，她怎麼會是微塵眾生？所有改編的電視電影戲劇，也還是慎選林黛玉，因為是「第一女主角」。

我初看《紅樓夢》，有時候還真受不了林黛玉，沒事就哭。別人愛她，她哭；別人不愛她，她也哭。我當時真覺得寶玉辛苦，愛上這麼一個女朋友，三不五時鬧彆扭，寶玉時時要看愛人臉色，動輒得咎，真是受夠了。

年輕時喜歡乾脆爽快，合則來，不合則去，一點也體會不到黛玉的可愛，無法了解一個少女怎麼會如此小氣，沒事就發脾氣。

微塵眾生，用來看賈瑞、看齡官、看晴雯、看倪二、看二丫頭、看蔣玉菡、看柳湘蓮，都慢慢有領悟。作者慢條斯理，不慌不忙，介紹一個一個人物出場。這個舞台，人生的舞台，不是他的，他只是把芸芸眾生帶上舞台，讓他們自說自話，讓他們自己說自己的故事。作者在旁邊看著，好像也笑，也熱淚盈眶，但他一點褒貶都沒有。賈瑞這樣自作自受，愛上不該愛的人，但是柳湘蓮何嘗不是？齡官何嘗不是？司棋何嘗不是？

每個人都在不同的愛恨裡修行，有不同的功課要做，做得辛苦，做得成功或失敗，做得完美或草率，做得漂亮或難堪，其實都不容易。如果有人在舞台邊指指點點，高談闊論，作者大概只會把食指豎在唇邊，示意講話小聲，不要吵了修行的人的專心。

少年時喜歡跟一起讀《紅樓夢》的朋友爭辯議論，「你喜歡寶釵」、「我喜歡黛玉」，圍繞著第一女主角、第二女主角，吵鬧不休，連第一、第二也都無共識，最後常常不歡而散。

年紀大了，反覆看《紅樓夢》，總覺得有一個人在旁邊，聽到讀者褒貶是非，他就把食指豎在唇邊，示意輕聲。

台灣的社會當然像《紅樓夢》，任何一個社會也都可能是一部《紅樓夢》，有人高談闊論，誇大張揚，生怕別人看不懂，生怕別人誤解，「你錯了！」一定要讓別人聽他說。那時候，人聲喧譁，口沫橫飛，我就又記起作者把食指豎在唇邊淡淡的微笑。看他安安靜靜，「滿紙荒唐言，一把辛酸淚」，荒唐、辛酸，與是非褒貶無關，也與喧譁張揚無關。看小說或許和看現實一樣，能靜靜地看，相信每個人自有領悟，書中愛恨糾纏，但是「干卿底事」？

所以慢慢可以用看微塵眾生的方式看林黛玉了。

一個女孩，身體不好，常生病，母親在她八、九歲時病故了，失去了溫暖。父親做官，常隨官職遷徙，無法照顧這小女孩，只好託人送去京城依靠外祖母。沒有多久，父親也病亡了，這女孩就成了孤兒，長久寄居在外婆家。

這是林黛玉做為微塵眾生的故事，與她是不是第一女主角無關。

寄居在外婆家，女孩長大了，外婆疼她，表哥也疼她，她跟表哥從小就睡在一起，她任性，愛撒嬌，表哥也都讓她。

然後來了另外一個女孩薛寶釵，比她大一點，青春少女，懂事、大方，讀過書，會寫詩，三個少年就玩在一起。

林黛玉潛藏在心裡的不安全感透露了出來，一個寄人籬下的孤兒，她從小的備受疼愛會被別人分佔嗎？這個「別人」會是聰慧美麗、知書達禮的薛寶釵嗎？

微塵眾生裡的林黛玉要受疑慮、貪嗔、害怕失去的苦了。

她防範、猜疑、忌妒，她個性好強，第七回就看出來了。宮裡送了時興的宮花，管家周瑞家的一房一房送，送到黛玉這裡，黛玉就問：「還是單送我一人的，還是別的姑娘們都有呢？」周瑞家的說：「各位都有了，這兩枝是姑娘的了。」黛玉就冷笑一聲說：「我就知道，別人不挑剩下的也不給我呀。」

這是小氣吧，年輕時覺得受不了，現在卻覺得真好，這就是黛玉。她高傲自負，她就是要人嬌寵她，不是最好的，她也不要，寧為玉碎，不要委屈妥協。

微塵眾生裡的黛玉，處處在意，第八回寫得最好。寶釵生病了，寶玉去梨香院探病。兩人互看了脖子上掛的玉，又看了金鎖。閒聊中，黛玉來了，一進門她就說：「哎喲！我來的不巧了。」「早知他來，我就不來了。」寶釵不解，或故作不解，黛玉就說：「今兒他來，明兒我來，間錯開了來，豈不天天有人來呢？」黛玉太聰明，口齒也鋒利，她明明有心事，拈酸吃醋，但藉故這麼說：「也不至太冷落，也不至太熱鬧。」

她靜靜看著，寶玉喝「冷」酒，寶釵勸說不可，寶玉就依從了。黛玉看在眼裡，嗑瓜子，微笑，不言不語。一會兒下雪了，雪雁送雪衣來，黛玉就藉故冷嘲熱諷：「哪裡就『冷』死我了呢。」雪雁是聽紫鵑命令來的，黛玉再補一句：「我平日和你說的，全當耳旁風，怎麼她說了你就『依』，比聖旨還快呢！」寶玉知道這不是說雪雁，正是指桑罵槐，罵他如此聽寶釵的話。

因為微塵眾生，會有這麼多計較，貪嗔痴愛，眾生如此，黛玉也如此，她一點不覺得自己是「第一女主角」。

這樣的黛玉，小氣、鬧彆扭，值得愛嗎？

可是她真可愛。第八回結尾，寶玉、黛玉一起告辭回去，丫頭給寶玉戴雪笠，粗手粗腳，戴不好，寶玉罵了一句「蠢東西」。黛玉說：「過來，我給你戴罷。」就親手給寶玉戴雪笠。細讀這一段：

> 黛玉用手整理，輕輕籠住束髮冠兒，將笠沿掖在抹額之上，把那一顆核桃大的絳絨簪纓扶起，顫巍巍露於笠外。

黛玉整理好笠帽，端詳一番，滿意了，跟寶玉說：「好了，披上斗篷罷。」他們情感如此深，沒有人可以間隔，黛玉多少微塵眾生的小氣，寶玉還是覺得「可愛」。沒有經過愛，不會懂這樣情深的畫面。

二

黛玉剪香袋

寶玉把荷包丟還給黛玉，黛玉當然更氣，哭得「聲咽氣堵」，
拿起剪刀要再剪。寶玉趕緊搶回來說：「好妹妹，饒了它罷。」
好動人的一段，不知道情愛糾纏，原是如此荒謬可笑，
但身在其中的人，經歷過的人，大約都會有揪心之感吧。

如果把林黛玉當作是《紅樓夢》裡的「微塵眾生」，我最喜歡看的，就是她發脾氣的樣子，例如第十七回她誤會寶玉、惱怒剪破香袋的故事。

第十七回寫賈寶玉跟父親賈政逛剛蓋好、正做最後整理的大觀園。賈政其實是要試試寶玉的作詩能力，一面遊園，一面命令寶玉即席即景作出對聯，為新建築的堂、軒、亭、館題匾額，寫柱子上的聯句。中國的建築物都喜好用文字裝飾，皇帝執政的大廳，好像一定要有「正大光明」四個字。少了這四個字，少了門邊、柱子上一條一條的對聯，一棟建築好像也就沒有完成。

寶玉跟著賈政和眾清客遊園，花園才剛完成，第一次進來，一處一處風景走去，這些風景卻讓少年覺得熟悉，「倒像在哪裡見過的一般」。這跟寶玉、黛玉第一次見面一樣寫法，兩人都覺得不是初次見面，想不起在哪裡見過。

《紅樓夢》的時間是錯雜迷離荒謬的時間，《紅樓夢》的空間也同樣是錯雜迷離荒謬的空間。如同前世的回憶，是真實，又虛幻迷離。為了賈家長女元春回家省親蓋的別墅，第十七回剛蓋好，賈寶玉這少年卻在第五回醉夢中已經去過了，真真假假，虛虛實實，他在夢裡「見過」的「太虛幻境」，此時就在眼前，成了現實。

寶玉那天神采飛揚，意氣風發，對如何造景、如何題句，對答如流。題匾額、題對聯也都清新，有自己的想法，不像今日輓額、輓聯千篇一律「音容宛在」，敷衍造作，毫無意義。寶玉走完園子，功課都交代完畢，連一向對他有偏見的老爸賈政也不時露出滿意微笑，雖不稱讚，也無嚴厲責罰。

遊園結束，離開威嚴威權的父親，寶玉鬆了一口氣。跟隨寶玉的小廝都跑來奉承拍馬，誇讚這小少爺今天表現良好，沒有受老爺責罵，還得到眾清客一致喝采，讓老爸覺得很有面子。

老爸有面子，小少爺有面子，眾小廝當然也有面子。眾小廝上前簇擁著小少爺，當然不純粹只是要誇獎他詩作得好，他們都想藉機沾一點好處，七嘴八舌，就要小少爺給「賞」，起鬨說：「今兒得了這樣的彩頭，該賞我們了。」

這小少爺一向大方，就說：「每人一吊錢。」

這些小廝似乎跟大方的小少爺討「賞」討習慣了，胃口越來越大，就抗議說：「誰沒見那一吊錢！把這荷包賞了罷。」

下面的畫面就不太像「討賞」，簡直像搶劫一樣。「一個上來解荷包，那一個就解扇囊」，也不給寶玉說話的機會，頃刻間「將寶玉所佩之物盡行解去」。

賈寶玉這少爺出門，身上是有許多珍貴穿戴的，尤其是腰帶上，繫著一個一個繡工精緻的荷包、香囊，有裝扇子的「扇囊」，有的裝散香，甚至檳榔、香雪潤津丹等零食的。這些荷包都是房裡丫頭如襲人或晴雯的針線，不但材料講究，手工也是一等一的精品，當然比「一吊錢」要更有價值。小廝們知道行情，也知道小少爺容易唬弄，心軟臉皮薄，擱不住別人說好話，因此半要半搶，一下子就把寶玉身上的珍貴之物全搶光了。

寶玉這時候還跟黛玉同住在賈母房裡碧紗櫥的裡間，見過了賈母，回到房裡，襲人倒茶來，看到寶玉身上佩帶的物件都不見了，襲人就笑著說：「帶的東西又是那起沒臉的東西們解了去了。」

「沒臉的東西」說的就是那些形同搶匪的「小廝」，從襲人的反應來看，這一類事件應該是經常發生。襲人是每天親自照顧寶玉穿戴的丫頭，寶玉身上有什麼，她最清楚，她笑著罵「沒臉的東西」，看來她對這樣經常發生的事也有點莫可奈何。

有趣的是下面黛玉的反應，黛玉聽襲人這樣說，就走過來看，果然寶玉身上所有佩物都沒有了。她第一個想到的是她親手做的荷包也被搶走了，就說：「我給的那個荷包也給他們了？」黛玉覺得寶玉不珍惜她做的荷包，動了怒，說：「你明兒再想我的東西，可不能夠了！」

黛玉的脾氣一發就不得了，寶玉完全沒有辯白的餘地。黛玉回頭就走，回到房裡，看到正在給寶玉做的香袋，因為賭氣，拿起剪刀就剪。寶玉知道黛玉生氣了，低聲下氣，趕過來要解釋，香袋已經剪破了。

寶玉看著剪破的香袋，上面刺繡精巧，花費很多工夫做的，還沒完工，卻剪破了，心裡悵然，也覺得被誤解委屈了。

寶玉此時把衣領解開，從裡面貼身的紅襖襟上解下一個荷包，遞到黛玉眼前說：「你瞧瞧，這是什麼？」黛玉一看，正是她為寶玉做的荷包。寶玉說了一句：「我哪一回把你的東西給人了？」

寶玉如此珍重愛惜，黛玉給他做的香袋荷包，他總是帶在貼身內衣裡。帶著體溫，使人想到「體貼」兩個字。

寶玉、黛玉的吵鬧常常都是這些小事，雞毛蒜皮。這次是黛玉錯了，誤會了寶玉，錯怪了寶玉，但她也絕不道歉。會道歉，就不是微塵眾生裡的黛玉了。

黛玉心裡「自悔莽撞」，但不肯說出口。寶玉也氣，就說：「我知道你是懶待給我東西，我連這荷包奉還，何如？」

寶玉把懷中掏出的荷包丟還給黛玉，黛玉當然更氣，哭得「聲咽氣堵」，拿起剪刀要再剪。她一發脾氣，就蠻不講理。

寶玉趕緊搶回來說：「好妹妹，饒了它罷。」

好動人的一段，不知道情愛糾纏，原是如此荒謬可笑，但身在其中的人，經歷過的人，大約都會有揪心之感吧。

愛，本來沒有道理可講。喜歡滔滔不絕講道理，也大約沒有真正愛過，或至少沒有深情愛過。黛玉就是微塵眾生，而寶玉這樣體貼呵護。

三

馬道婆的下場

馬道婆「送入刑部監」、「要問死罪」的下場，好像很大快人心。
讀《紅樓夢》，前八十回，沒有那麼簡單的因果邏輯，
原作者看芸芸眾生，有很大的悲憫，像看恆河裡浮沉的眾多微塵，
林黛玉、賈寶玉浮浮沉沉，馬道婆也一樣浮浮沉沉。

馬道婆是《微塵眾》第一集就談到的人物。這個人出場時間不長，但是活潑鮮明，很有市井小民小奸小壞的可愛可笑。

馬道婆第一次出場在第二十五回，她平日就常在賈府走動，賈府是豪門貴族，逢年過節、婚喪、壽慶、病厄，很多事都需要作法祈福除祟。富貴人家，世襲做官，時常會有擔驚受怕的恐慌，需要求神拜佛，祈求平安庇祐。馬道婆常說兩句吉利話，討一點封賞，或替賈府扶乩唸咒，除災避禍，多少都有一點油水收入。

了解馬道婆這一類人並不難，現代社會也一樣有替人解災去穢的各種神道之人。

第二十五回對馬道婆有很具體的描寫。她到賈府，跟賈母寒暄。剛好賈寶玉前一日臉上被熱油燈燙傷了，一臉燎泡，抹了傷藥，還是很明顯。馬道婆看到了，就用手指在寶玉臉上隔空畫了符，喃喃唸咒。她的咒語沒人聽得懂，她畫的符也沒有人看得懂，然而她跟眾人說：「管保就好了。」

人大概都需要一種安心，馬道婆就「賣」這種安心。說她是「騙子」，也不盡然。《紅樓夢》的作者通達人情世故，他對這樣的小人物有很多包容，也不覺得這些卑微求活的小人物一定可惡可恨，多半還是寫他們小奸小壞裡人性的精明機靈。

賈母心疼寶貝孫子，寶玉臉上給燙傷了，當然擔心，馬道婆看到賈母「擔心」，就知道有機會賺錢了。她要賣的，恰好就是富貴人家急需的「安心」。

馬道婆跟賈母報告，富貴人家的孩子，從小都有許多促狹鬼跟著，躲在暗處，絆你一腳，推你一把，擰你一下，所以富貴人家的小兒，常常很難養，七災八難，多長不大。

賈母聽了，當然恐慌緊張，她當然也知道富貴人家驕寵的孩子的確容易生病，也常常養不大就夭折了。

賈母一緊張，就趕緊問馬道婆，可有什麼破解的法子。

馬道婆聰明，就搬出「西方大光明菩薩」，說這菩薩很慈悲，專門祛除人間的陰暗邪祟，只要專心虔誠供奉，就可以讓促狹鬼無法作怪，讓小兒平平安安長大，無災無難。

賈母當然接著就立刻詢問，要如何「供奉」？

馬道婆太聰明了，她開出一個「供奉」的帳目單子：南安郡王府的太妃心願很大，每天在她廟裡供奉四十八斤香油、一斤燈草。

馬道婆察言觀色，看看賈母反應。賈母躊躇，對南安太妃供奉的香油錢似乎覺得太貴了，賈府是公爵府，好像也不應該僭越王府的供奉。賈母正思索著，馬道婆立刻打折減價，報告賈母說：錦鄉侯的誥命（夫人）次一等，每天二十斤香油。

馬道婆做生意的能力很強，她賺錢的本事也很有彈性，從四十八斤打折到二十斤。看賈母沒有反應，她就陸續遞減到十斤、八斤。如果在今天，馬道婆應該是商場上很厲害的行銷高手。

行銷高手不能放棄任何機會，馬道婆最後就跟賈母說：如果是長輩為晚輩祈福，多了反而不好，祖母給孫子求福氣，七斤、五斤就可以了。

賈母因此拍板說：「既這麼樣，就一日五斤，每月打總兒關了去。」

馬道婆生意做成了。《紅樓夢》寫這樣一個人物，沒有說她好，沒有說她不好。馬道婆只是我們社會千百種小人物生存的方式之一，她賣「安心」，有人買，她就可以按需求訂價。

《紅樓夢》第二十五回寫馬道婆賺賈母的錢，也賺趙姨娘的錢。趙姨娘被王熙鳳欺負，又忌恨賈寶玉，馬道婆就讓趙姨娘寫了五十兩銀子欠契，做兩個假人，寫了熙鳳、寶玉二人生辰，又剪了青面獠牙五個小鬼，釘在假人身上，寶玉、熙鳳就頭疼，發了瘋病。

這件事過了，二十五回之後，沒有再看到馬道婆這個人。

隔了將近六十回，許多讀者可能都忘了馬道婆這個小人物，補寫的人在第八十一回忽然談起馬道婆的下場來了。

第八十一回，賈母把寶玉、王熙鳳叫來，詢問當年發病的事，才確定是因為這馬道婆作的法。王夫人說馬道婆邪魔外道害人：「如今鬧破了，被錦衣府拿住送入刑部監，要問死罪的了。」

馬道婆的事情東窗事發，是因為一個叫潘三保的人要訛詐錢財，訛詐不成，就叫馬道婆用邪魔法術讓對方的家人頭疼生病。馬道婆又去那人家聲稱能治病，又賺了一筆銀子，卻不小心掉出一個有許多紙人的絹包，身上再被搜出象牙刻的一對赤身露體男女，搜出光著身子的兩個魔王，搜出七根朱紅繡花針。送進錦衣府後，查證了與她有來往的富貴官員人家，都罹患過類似的病。

再進一步搜馬道婆的家，查出許多泥塑煞神，幾匣子讓人迷糊的悶香。又在她的炕背後空屋子發現一盞七星燈，燈下有草扎的人，有的頭上戴腦箍，有的胸前穿釘子，有的脖子上栓鎖。櫃子裡很多紙人，還有記滿作法的帳目，某家應找銀兩多少，某家多少香油錢。

賈母、王夫人因此恍然大悟，當年是趙姨娘報復，買通馬道婆施咒作法害寶玉、熙鳳二人。

讀到八十一回馬道婆的下場，總覺得續寫《紅樓夢》的人太在意「善有善報、惡有惡報」的簡單邏輯。他把前八十回原作的人物一一重新拿出來，一一向讀者交代下場，好像不如此，這本書便失去了「勵志」的道德性。

馬道婆「送入刑部監」、「要問死罪」的下場，好像很大快人心，有點像孩童看電影，壞人「惡有惡報」，就鼓掌叫好。讀《紅樓夢》，前八十回，沒有那麼簡單的因果邏輯，原作者精采，他看芸芸眾生，有很大的悲憫，像看恆河裡浮沉的眾多微塵，林黛玉、賈寶玉浮浮沉沉，馬道婆也一樣浮浮沉沉。而且我相信，許多人物卑微渺小，作者寫過就過去了，他不一定要寫「下場」、「結局」。

馬道婆有兩個，一個在二十五回，一個在八十一回，但只有二十五回那一個真好看。

四

江南甄家

《紅樓夢》本質的「孤獨」與「荒涼」，是因為一直在找自己嗎？

眾裡尋他，其實只是找自己的真身吧？

或許偶然在夢境中與久違的自己相遇了，霎時間熱淚盈眶，

然而瞬間夢醒，淚猶未乾，卻沒有一點自己的蹤影了。

讀前八十回《紅樓夢》，一直有一個「江南甄家」存在。若真若假，若虛若實，撲朔迷離，把魔幻與寫實如此交錯自由使用，《紅樓夢》原作者真是馬奎斯寫《百年孤寂》的老祖宗。

前八十回裡，這個「江南甄家」像一個夢，這麼真實，又這麼不真實。江南甄家在第五十六、五十七回描述比較多。

先看五十六回，一日管家林之孝家的來報告說：「江南甄府裡家眷昨日到京，今日進宮朝賀，此刻先遣人來送禮請安。」

甄家派了四個婆子來送禮，探春當時正代替王熙鳳管家，就接了禮單。上面寫的是：「上用的妝緞蟒緞十二匹，上用雜色緞十二匹，上用各色紗十二匹，上用宮綢十二匹，官用各色緞紗綢綾二十四匹。」

這一張從江南甄家送來的禮單，對當時皇室御用的紡織品如此熟悉，對織品細節分類如此細密，總讓人想到與《紅樓夢》作者相關的世代江寧織造曹家，想到曹寅與康熙皇帝的特殊關係，想到康熙四次南巡曹家的接駕，想到《紅樓夢》中多處對紡織品精緻的書寫。

作者寫的「江南甄家」，是自己家族隱諱的歷史嗎？「甄」不可說，就敷衍成

「賈」，「假作真時真亦假」，原作者念念不忘，是「甄」與「賈」的合體。

這一次是甄家內眷甄夫人帶著三小姐進京，五十六回巧妙地沒有讓甄夫人出場，而是藉著四個婆子跟賈母的一問一答、若即若離，描述了既虛幻又真實的「江南甄家」。

四個四十歲上下的女僕來見賈母，穿戴都不像下人。賈母命人拿腳凳讓她們坐了，就寒暄起來。賈母問：「多早晚進京的？」甄府女人們回答說：「昨兒進的京。」又解釋這次是「奉旨進京」，所以甄夫人和三小姐先進宮朝賀，才遣四個僕人先來送禮。

看來這「甄家」也與皇室有特殊關係，甄夫人帶著三小姐進宮，是去探望自己的親眷嗎？

賈母又特別說起甄府的大小姐、二小姐，似乎甄家這兩個女兒都已嫁進京來。賈母說：「你們大姑娘和二姑娘這兩家，都和我們家甚好。」甄家女人也即刻回答：「每年姑娘們有信回去說，全虧府上照看。」

我特別好奇賈母口中說的甄家「二小姐」，賈母說：「你們二姑娘更好，不自尊大，所以我們才走的親密。」什麼樣的身分，會讓賈母這公爵老夫人讚美說「不自尊大」？

寫到這裡，「江南甄家」像是實寫了，真的有這個「江南甄家」，有這麼具體的四個女僕，有禮單，有禮單上列舉的織品名稱，有「不自尊大」的一位「甄家二姑娘」，像是一場夢醒來，手裡竟然握著夢中的物件，面前竟然坐著夢中的人。

讀者揉揉眼睛，確定是真的，心想：這不是夢吧？

然而作者筆鋒一轉，又讓讀者進入夢中，是更虛幻離奇的夢，是更荒謬不可解的夢。

甄家有三個女兒、一個男孩，賈母顯然對甄府人口十分了解，她接著問道：「你這哥兒也跟著你們老太太？」很簡潔的問答，甄家女人說：「也跟著老太太。」賈母再問：「幾歲了？」「上學不曾？」回答說：「今年十三歲」、「長得齊整」、「老太太很疼」、「淘氣異常」、「天天逃學」。

讀者跟著問話進入一個真實與虛幻不分的夢境，這不是小說一開始我們就認識的那個「賈寶玉」嗎？

他如何既存在於現實中的「賈府」，又同時存在於夢境中的「江南甄家」？

讀者正在懷疑，這十三歲、長得齊整、淘氣、逃學的青少年，就是我們熟悉的寶玉嗎？

賈母忽然開口問：「你這哥兒叫什麼名字？」

甄府女人回答：「因老太太當作寶貝一樣，他又生的白，老太太便叫做『寶玉』。」

《紅樓夢》如此一次又一次使讀者在夢境中誤入歧途，迷了路，然而卻在峰迴路轉的時候猛然遇見了自己。

五十六回的「江南甄家」好像進京了，卻還是一個夢境。甄夫人沒有出現，叫做「甄寶玉」的少年也沒有出現，他們仍然在迷離恍惚的夢中，若隱若現，若有若無。

江南甄家也有個「寶玉」，賈母覺得有趣，就命令把賈寶玉叫來，給甄家這四個女人看一看。

夢境彷彿又要回到現實。賈寶玉來了，四個女人看了都驚訝，她們說：「倘若別處遇見，還只當我們的寶玉後趕著也進了京呢。」

《紅樓夢》本質的「孤獨」與「荒涼」，是因為一直在找自己嗎？我們終其一生，千方百計只是在尋找另一個自己嗎？眾裡尋他，其實只是找自己的真身吧？或許偶然在夢境中與久違的自己相遇了，霎時間熱淚盈眶，然而瞬間夢醒，淚猶未乾，卻沒有一點自己的蹤影了。

所以，五十六回賈寶玉回到自己房中，睡不著覺，恍恍惚惚，他的肉身留在京城，魂魄悠悠蕩蕩就去了江南甄家，他要跟另外一個自己見一次面。

賈寶玉在夢中到了一所花園，心中疑惑：原來江南甄家也有大觀園。他又到了一處院落，也心中疑惑：原來也有怡紅院。

少年看到床榻上有一少年睡著，嘆著氣，告訴丫頭說，都中也有一個寶玉，他想去見他，夢中到了京城，進了大觀園，進了怡紅院，看見床上睡著少年，卻空有「臭皮囊」，沒有「真性情」。

賈寶玉彷彿急了，趕快說：「我因找寶玉來到這裡，原來你就是寶玉？」甄寶玉、賈寶玉，二個自己相見了，卻只是一霎時。夢中驚醒，少年叫著另一個少年：「寶玉快回來！」

襲人在旁邊笑，笑這呆少爺怎麼在夢裡叫自己，故意問他：「寶玉在哪裡？」少年恍恍惚惚，用手指著門外說：「才去不遠。」

每次讀到這裡還是哀傷，我們終究是無法跟真正的自己見面嗎？

襲人還是笑這少年，告訴他：「那是你夢迷了。你揉眼細瞧，是鏡子裡照的你的影兒。」

我真希望像費里尼那樣出神入化的大導演可以拍這一場戲。

五

甄應嘉、包勇

抄家的時刻，家破人亡，什麼人都不託付，竟然單單託付一名奴子。
甄應嘉安排這包勇到賈府工作，究竟有什麼用意？
補寫者想塑造一個家族落難時忠義相挺的僕人典型，
卻不知《紅樓夢》原不是要寫世俗廉價的「忠」、「義」。

我喜歡《紅樓夢》原作者對江南甄家的描寫，若實若虛，若即若離，像一個不真實的夢境。像水中之月，其實只是虛幻的倒影，卻又映照著真實的「賈府」，彷彿比天上的月還更有一種迷惑人的華麗。

《紅樓夢》第五十六回寫了甄家四個女人來賈府送禮，講到甄夫人帶了三小姐進京，講到留在江南沒有來的甄寶玉，十三歲，長得漂亮齊整，不愛上學，淘氣。聽著聽著，賈寶玉神思恍惚，回到自己房裡，對著鏡子，朦朧睡去，睡夢中似乎就去了江南甄家，見到也在床上睡覺的甄寶玉。

原作者寫到這裡，江南甄家呼之欲出，甄寶玉也呼之欲出，好像甄（真）與賈（假）要面對面碰頭了。

然而，寶玉驚醒了，驚醒時還叫喊著：「寶玉快回來！」

好荒涼的夢，自己尋找自己，這是「江南甄家」存在的意義。「江南甄家」像一面鏡子，朦朧睡去，就會迷失魂魄。

《紅樓夢》原作者精采，永遠不會讓讀者意料到他接下來的寫法。

想知道「江南甄家」究竟如何？急急翻到第五十七回，看甄、賈如何會面。第五十七回一開始，果然王夫人叫喚寶玉，說要一起去探望甄夫人。但是，讀者撲了一個空。五十七回有關甄夫人只寥寥幾句，這會面就結束了。

看看作者的寫法：

見甄家的形景，自與榮、寧不甚差別，或有一二稍盛的。細問，果有一寶玉。甄夫人留席，竟日方回。因晚間回家來，王夫人又吩咐預備上等的席面，定名班大戲，請過甄夫人母女。後二日，他母女便不作辭，回任去了，無話。

作者寫賈寶玉見甄夫人母女，兩次見面，聊到江南甄家確實有一「寶玉」，其他避重就輕，全是側寫，重要的事都沒有提，真是──「無話」。

宋元山水，總在雲霞煙嵐中。雲霞煙嵐，來來去去，也只是大片留白，虛無飄渺，彷彿有，彷彿沒有。這江南甄家的寫法，也像宋元山水，始終只是大片留白，幾點著墨，留給閱讀者莫大的好奇，也留給閱讀者莫大的想像空間。

讀到《紅樓夢》補寫的第九十三回，江南甄家忽然從雲霞煙嵐裡跑出來了，變成具體的存在了，雲霞煙嵐彷彿被強烈日光驅趕，全部不見。原來一層一層渲染烘托的朦朧迷離，引人遐想的遙遠距離感，忽然拉到這麼近。燈光大亮，刺眼奪目，原來想像中的優雅，忽然逼近在眼前，俗濫邋遢，簡直不堪入目了。

補寫的人的確太在意交代結局，就急忙在九十三回安排了江南甄家抄家。

江南甄家抄家是大事，當然暗示著賈府也要抄家了，「甄」與「賈」原是同身連體的兩面。

江南甄家抄家的事，是甄家一個僕人帶信來通報的。

第九十三回，寫一個陌生男子「一身青布衣裳」、「一雙撒鞋」，有一點神秘，來到賈府門前，向眾人作揖。這人說，是南邊甄府來的，「有家老爺手書一封」。

江南甄家和賈府關係很深，賈政當然立刻接見，也細讀了這封信。信是甄應嘉親筆，下面的署名是「年家」、「眷弟」、「甄應嘉」。

「年家」是說甄應嘉和賈政是同年考中科舉。「眷弟」是說甄府和賈府有親眷聯姻的關係。

無論是「年家」或是「眷弟」，甄應嘉已經是真實存在的一個人，與賈府有真實存在的同科同年或姻親關係。

甄應嘉一出場，一落實，與五十六回、五十七回側寫的甄夫人完全不同了，江南甄家失去了小說一開始象徵性的意義，也違反了原作者一直安排的「真」與「假」

對應的虛實關係。

甄應嘉的信上說「弟因菲材獲譴」，因罪被朝廷譴責懲處了，沒有處死，還在邊疆待罪——「自分萬死難償」，「幸邀寬宥」，「待罪邊隅」。寫得最慘的是「迄今門戶凋零」，「家人星散」。

古代官員抄家是非常悲慘的事，下獄殺頭，家產充公，女眷發配為官妓。甄應嘉如果被抄家，寫這樣一封信，都可能是大罪，也會連累賈政家族一起受害。

補寫者寫甄應嘉抄家，不只破壞了原來江南甄家籠罩在煙雲中神秘迷離的象徵意義，也使甄應嘉這一人物失去了世代富貴謹慎的應對分寸。

最奇怪的是，這封信似乎也不是要向賈政報告抄家的事，而是要向賈政推薦一名家裡的僕人包勇。

這包勇就是「一身青布衣裳」的陌生男子。信上說：「所有奴子包勇，向曾使用，雖無奇技，人尚慤實。」說這人沒有什麼特殊技能，但是人很老實忠厚。

這封信末了，變成一封人事推薦信：「倘使得備奔走，餬口有資，屋烏之愛，感佩無涯矣。」甄應嘉希望賈政愛屋及烏，可以照顧奴子包勇。

這一封推薦信很讓人不解，抄家的時刻，家破人亡，什麼人都不託付，竟然單單託付一名奴子。甄應嘉安排這包勇到賈府工作，究竟有什麼用意？

賈政當然接受了，看了一眼，「但見包勇身長五尺有零，肩背寬肥，濃眉爆眼，磕額長髯，氣色粗黑，垂著手站著。」所有補寫者的文字，句句都使「江南甄家」的神秘感消失了。

包勇被描寫成一個有點愚忠的家奴，賈政問到甄老爺如何獲罪，包勇竟然說：「我們老爺只是太好了，一味的真心待人，反倒招出事來。」

這不會是原作者的寫法，補寫者想塑造一個家族落難時忠義相挺的僕人典型，卻不知《紅樓夢》原不是要寫世俗廉價的「忠」、「義」。原作者一開始就批駁了歷史上的「大忠」、「大奸」，他只是要帶讀者進入「甄」、「賈」的幽微迷離，鏡子裡的魂魄，或迷失，或寤寐而醒，各自有各自的緣分，原不可強求。

六

前後蔣玉菡

蔣玉菡從唱小旦改唱小生，不再反串女性，連性別認同也改「正」了，
做了班主，很符合後寫者一切改「邪」歸「正」的大方向。
《紅樓夢》原作，其實是「正」的叛逆。對照前後的蔣玉菡，
青春叛逆變成世俗妥協，兩個不同的書寫者，生命品格是多麼不同啊。

《紅樓夢》第二十八回寫神武將軍的兒子馮紫英在家宴客，寶玉、薛蟠都去了。席中馮紫英請了幾名唱曲的小厮、錦香院妓女雲兒，和戲班裡一個唱小旦的少年蔣玉菡。

蔣玉菡前八十回裡正式出場，就僅此一次。

和錦香院的妓女雲兒一起在宴席中，蔣玉菡的身分也很清楚了。年輕，長得美，在戲班裡反串唱小旦，小旦的戲大多是嫵媚調情角色。蔣玉菡是那一時代的花美男吧。他出場的那一次，作者沒有刻意描寫，席間行令唱曲，妓女雲兒表現得很大膽，蔣玉菡卻是中規中矩，沒有露出他暗裡第三性公關與諸王爺名士交陪包養的複雜身分。

可以先看一下妓女雲兒那天行令唱的內容：「女兒悲，將來終身倚靠誰？」「女兒愁，媽媽打罵何時休？」這是青樓風塵女子的本色自敘。

雲兒對性的行為描述，更是直白道出妓女的真實經驗，下面這一段曲子，露骨描繪妓女的肉體記憶：「豆蔻花開三月三，一個蟲兒往裡鑽。鑽了半日鑽不進去，爬到花兒上打鞦韆。肉兒小心肝，我不開了你怎麼鑽？」

錦香院妓女雲兒活潑大膽，對比著那一天有點靦腆拘謹的蔣玉菡。

作者或許有深意，蔣玉菡是男性裡雲兒的角色，他事實上不只是戲班裡的小旦。作者只透露了他跟兩位親王的關係，一位是送他紅色汗巾子、位高權重、年輕俊美的北靜王，另外一位是用權勢霸佔他的忠順老王爺。第三十三回，老王爺找不到失蹤的蔣玉菡，吃不下飯，睡不著覺，不惜撕破臉，好像少年人爭風吃醋，命管家粗魯直闖榮國府，跟賈政要人。這些側寫當然讓讀者了解，蔣玉菡事實上是王爺們玩賞的「男妓」。

然而第二十八回裡，蔣玉菡真是規矩有分寸，彬彬有禮，那一時代王爺們的男妓也真有一代的風範。行令的時候，蔣玉菡的唱詞都很妥貼，帶一點點的風情，但絕不像雲兒那樣露骨，他如果是名妓，也是風華絕代、不隨便糟蹋自己身分的名妓。

蔣玉菡唱完曲，要用面前一物唸一句詩，他就拈起一朵木樨（桂花），唸道：「花氣襲人知晝暖。」作者寫蔣玉菡這個花美男如此優雅含蓄，甚至他與在座寶玉的暗地兩情相悅也寫得雲淡風輕，好像無事發生。

作者正面寫寶玉和蔣玉菡的接觸只有短短幾句，寶玉離席去廁所解手，蔣玉菡也跟了出來。兩個人站在廊簷下說話。蔣玉菡向寶玉致歉，因為不知道「襲人」是寶玉丫鬟名諱，行令時唸詩衝撞了。寶玉顯然對這花美男已經愛到不行，作者這樣寫的，「寶玉見他嫵媚溫柔，心中十分留戀，便緊緊的攥著他的手。」

寶玉對蔣玉菡說：「閒了往我們那裡去。」

我最喜歡的一段，是寶玉根本不知道蔣玉菡何許人也，他問蔣玉菡，戲班裡聽說有個叫「琪官」的，最近「名馳天下」，「無緣一見」。蔣玉菡就靜靜回答說：「就是我的小名兒。」

少年的情或慾，彷彿怎麼說都說不清楚，只好寫得這樣雲淡風輕吧。

寶玉那天從身上扇子上解下玉墜相贈，蔣玉菡無禮物可以回贈，就解下了腰上繫內衣的大紅汗巾子作回禮，說是北靜王所贈，今日第一次上身。第一次見面，他們交換了帶著體溫的汗巾子。

寶玉和蔣玉菡的正面交往只有這一次，一直到第三十三回，忠順王府來要人，讀者其實始終不知道寶玉和蔣玉菡的交往有多深。

第三十三回，忠順王府派人到榮國府要人，態度惡劣粗暴，毫無分寸，但也看出老王爺沒有了蔣玉菡的失魂落魄。差人說：「我們府裡有個做小旦的琪官，一向好好在府，如今竟三五日不見回去，各處去找，又摸不著他的道路，因此各處察訪。這一城內，十停人倒有八停人都說：他近日和啣玉的那位令郎相與甚厚。」

這是被包養的男妓的悲劇吧，但是作者還是寫得如此優雅有品格。寶玉繫在身上的大紅汗巾子被指認出來，變成贓物，賈政因此大罵寶玉「流蕩優伶」，把他毒打一頓。這是前八十回僅有的寶玉和蔣玉菡的故事，蔣玉菡著墨如此少，寥寥幾段書寫，卻讓人印象深刻，一個美麗少年的憂愁溫柔就在面前。

蔣玉菡再一次出現是到了第九十三回，已經不是原作者的手筆。

第九十三回臨安伯請客吃酒，賈政很小心，命人打聽是什麼事請客。打聽的人回報說，沒有什麼喜慶事，不過是南安王府來了一個有名的戲班，臨安伯高興，就訂了兩天的戲，請要好的朋友們看戲，熱鬧熱鬧。

到了第二天，賈政有公事，不能赴約，就請賈赦帶寶玉去參加。

寶玉到了臨安伯府邸，賓客見禮寒暄。有一個掌管戲班的班主，拿著戲單，向賓客行禮，說：「求各位老爺賞戲。」這個人從最位尊的人開始，挨次點戲，點到賈赦，那人看見了寶玉，就搶步上來，很恭敬地打了個千，向寶玉說：「求二爺賞兩齣。」

這個戲班班主就是蔣玉菡。

蔣玉菡第二次這樣出場，讓人有一點心酸。讀者一定會即刻回想起第二十八回兩人初見面的情景，少年時的玩伴或情侶，寶玉是為這個人捱父親毒打的，幾幾乎打死，從臀部到大腿，血漬斑斑，痛到昏厥。這肉體上如此深的記憶，兩人應該如何再相見呢？

第九十三回的寫法使人訝異，蔣玉菡從唱小旦改唱小生，不再反串女性，連性別認同也改「正」了，做了班主，很符合後寫者一切改「邪」歸「正」的大方向。

《紅樓夢》原作，其實是「正」的叛逆。青春、叛逆的主題意識消逝了，對照前後的蔣玉菡，青春叛逆變成世俗妥協，兩個不同的書寫者，生命品格是多麼不同啊。

七

傅秋芳

傅試想巴結賈政，意圖把妹妹嫁給寶玉，作者並沒有明說。
寶玉知道傅秋芳是「瓊閨秀玉」、「才貌俱全」，因此「遐思遙愛之心十分誠敬」。這個少年對美迷戀，對性靈聰慧迷戀，
這傅秋芳，沒有見面，寶玉已經覺得是同一個族譜裡的相識者。

《紅樓夢》前八十回，賈寶玉和一群少女，大約都是十五歲上下，沒日沒夜玩在一起，好像從來沒有想未來的事。「未來」是什麼？賈寶玉不想，林黛玉也不想。

他們像一朵一朵含苞待放的花，花的「未來」就是在陽光下盡情綻放吧。

風和日麗，雲淡風輕，大觀園的歲月悠長如歌，像緩慢的行板，像小時候在廟宇後院聽南管班子悠揚的唱腔，若有若無，若即若離；像沁芳閘流水上一綹一綹柳絲的倒影，像賈寶玉在春天盛放的桃花樹下偷看《會真記》。花瓣紛飛，落滿一身，他無覺無察，等起身時，衣襟的花已經落滿了。少年躊躇徬徨，不知拿這些落花怎麼辦，只好躡手躡腳，兜著衣襟的花瓣，走到沁芳閘邊把花撂在水裡。看著溶溶的水流，漂著落花，悠悠蕩蕩流去，像是看著自己的青春，這樣華美而憂傷的青春，沒有未來。

《紅樓夢》到了八十回以後，隔幾頁就出現一段「相親」、「說媒」，忽然覺得原來「青春」的大災難就是「婚姻」。

這是《紅樓夢》原作者潛意識的恐懼嗎？

以前讀《紅樓夢》，有一個人物，每次讀到都覺得突兀。這個人在第三十五回出現，名字叫做傅秋芳。

嚴格說來，傅秋芳也沒有出現，出現的是她的哥哥傅試家裡的兩個老婆子傭人。當時賈寶玉剛被父親打過，還在養傷，玉釧餵他吃荷葉羹，他聽說傅試家來了兩個老婆子，就命丫頭請進屋裡，要見一見。

傅試是賈政的門生，當時正做通判的官，看來很巴結賈府，作者說他「都賴賈家的名聲得意」。賈政也「著實看待」，似乎比別的門生都親近一些。傅試也就常常派人來送點禮物什麼的，「常遣人來走動」，往賈家走得很勤。

原作者顯然對這傅試沒有什麼好感，也早有人指出，愛玩雙關的《紅樓夢》，這「傅試」也就是「附勢」的諧音。

賈寶玉在病中，被父親打了，傷得不輕，正在療養，他一向就不愛跟官場趨炎附勢的粗鄙者來往，平日避之唯恐不及，這一天卻要見傅家的婆子，有一點讓讀者意外。

作者巧妙，也知道讀者會有疑慮，一向討厭世俗粗鄙者的賈寶玉，今天怎麼變了一個樣？作者因此加了一句，「寶玉素昔最厭勇男蠢婦的」。討厭「勇男蠢婦」，這四個字用得真好。寶玉也是有潔癖的，「勇男蠢婦」看起來並不具體，但閉起眼睛一想，日常生活還常有「勇男蠢婦」，焦躁、輕浮、愛罵人、自以為是、別人都不對、口沫橫飛、張牙舞爪，一靠近就感覺一陣一陣酸或臭的氣味，薰人欲嘔。

「勇男蠢婦」，是失去了生命自在喜樂的鄙俗者，好像可恨，其實也可憐。

如同這一天進到賈寶玉房中的兩個婆子，看到玉釧給寶玉餵湯，湯潑出來，燙了寶玉的手，寶玉卻忙問玉釧：「燙了哪裡了？疼不疼？」

兩個婆子出來，就開始八卦，議論這個少爺外貌好看，卻「中看不中用」，有些呆氣，連丫頭的氣也受，自己燙了手，卻問丫頭疼不疼。

這兩個婆子大概一生都會八卦這些事，她們活著，好像不是為自己活著，是為了議論嘲笑他人活著。她們無法理解一個少爺為何要這樣關心奴僕，她們自己是奴僕，奴僕不是應該被主人喝斥打罵的嗎？怎麼會有小少爺如此對丫頭關心？她們無法理解，她們活在世俗僵硬的規則裡，不合世俗，她們都嘲笑議論。《紅樓夢》一部書，恰好要徹底顛覆世俗。

這兩個婆子甚至無法理解身分尊貴的賈寶玉，為何要見她們，還和善地跟她們說話。作者說「其中原來有個原故」，才提到了傅秋芳。

傅秋芳是傅試的妹妹，這哥哥讓人討厭，妹妹卻長得很美。傅秋芳沒有出場，她的美卻連寶玉這少年都久聞其名。傅秋芳漂亮、有才情，哥哥傅試就想利用，「仗著妹子，要與豪門貴族結親。」

看到這裡，有點替這傅秋芳難過了。長得美，有才華，也可以是家人用來跟豪門貴族結親的工具。

傅秋芳如果活在今天，儘可以不甩哥哥的勢利，一刀兩斷，創造自己獨立自主的生命意義吧。

然而那是兩百多年前的中國，女性是沒有自己的。傅秋芳因此就被哥哥一次一次利用，可能相親說媒無數，卻一再耽誤，三十五回說「耽誤到如今，目今傅秋芳已二十三歲，尚未許人。」

不肯把妹妹嫁給一般人，真正富豪貴族又看不起傅試，嫌他「本是窮酸，根基淺薄，不肯求配」，傅秋芳的婚事就一再耽誤，到了二十三歲。

張愛玲《紅樓夢魘》裡懷疑「二十三」是「二十一、二」手抄筆誤。因為二十三歲來跟十五歲上下的賈寶玉提親，有點離譜。但是，即使是二十一、二歲，巴結著跟十五歲的少爺提親，也未必合理。

傅試想把妹妹嫁給寶玉，是在第九十四回才出現。兩個婆子又來見賈母，鴛鴦厭煩說：「好討人嫌！家裡有了一個女孩兒生得好些，就獻寶似的……」指出傅家來向賈母求配寶玉，已經不是原作者手筆了。

傅試想巴結賈政，意圖把妹妹嫁給寶玉，作者並沒有明說。三十五回只淡淡幾句寫道：寶玉知道傅秋芳是「瓊閨秀玉」、「才貌俱全」，因此「遐思遙愛之心十分誠敬」。

寶玉的「遐思遙愛」並不具體，這個少年對青春迷戀，對美迷戀，對性靈聰慧迷戀，都像前世知己，他們在天上有自己家族的族譜。這傅秋芳，沒有見面，寶玉已經覺得是同一個族譜裡的相識者，有一種親，因此才破例見了傅家兩個婆子。

賈寶玉一心誠敬，「勇男蠢婦」卻只看到「呆氣」。

可嘆可悲，傅秋芳短短一段，使人「遐思遙愛」。

八

衛若蘭

畸笏叟說：「草蛇灰線，在千里之外。」說的是《紅樓夢》的寫作技法，
一點點隱約的暗示，卻在許多章回之後，到了小說結尾，才發生作用。
所以衛若蘭的重要故事，是在全書後幾十回才發生，
而那幾十回恰好「遺失」，也讓前面作者安排的「草蛇灰線」無疾而終。

《紅樓夢》裡有一個叫「衛若蘭」的人物，僅有一次名字出現，卻被許多人討論，引起我很大的興趣。

衛若蘭出現在第十四回，第十四回秦可卿出殯，有一長串王公貴族送殯的賓客名單。《紅樓夢》作者詳細列出送殯者清單，首先說的是地位最高的幾位，原文如此：

那時官客送殯的，有鎮國公牛清之孫現襲一等伯牛繼宗，理國公柳彪之孫現襲一等子柳芳，齊國公陳翼之孫世襲三品威鎮將軍陳瑞文，治國公馬魁之孫世襲三品威遠將軍馬尚，修國公侯曉明之孫世襲一等子侯孝康。繕國公誥命亡故，其孫石光珠守孝不曾來得。

作者在名單之後特別註解，這六家與榮國公、寧國公二家，就是當時一般人所稱的「八公」。接下來，作者敘述另一組送殯名單：

餘者更有南安郡王之孫，西寧郡王之孫，忠靖侯史鼎，平原侯之孫世襲二等男蔣子寧，定城侯之孫世襲二等男兼京營游擊謝鯨，襄陽侯之孫世襲二等男戚建輝，景田侯之孫五城兵馬司裘良。餘者錦鄉伯公子韓奇，神武將軍公子馮紫英，陳也俊、衛若蘭等諸王孫公子，不可枚數。

衛若蘭這個名字，就在這裡出現一次，整部小說就再也沒有出現過。排在神武將軍之子馮紫英後面，衛若蘭是壓軸的一位，「衛若蘭等諸王孫公子，不可枚數」。所以，這衛若蘭是「王孫公子」，介於前面有名有姓的王爺公侯，和後面不一一細數的「王孫公子」之間。

衛若蘭如果在《紅樓夢》中僅此一次有名字露出，沒有其他任何描寫，沒有事件發生，也沒有故事情節，相信讀者看過，一定也就忘了有這個人的存在。

衛若蘭變成紅學討論的重點，多出許多枝節，還是因為「脂批」。

《紅樓夢》最早的手抄稿本，在幾個人之間傳閱，像脂硯齋，像畸笏叟，像杏齋、棠村。他們大概都是原作者的親戚，棠村可能是弟弟或堂弟。畸笏叟似乎是長輩，對家族故事很熟，他的批註好像常常在提醒作者要做一些真相的掩蓋，也的確影響到這部書的增刪修改。脂硯齋最複雜，到目前為止，連他是男是女都眾說紛紜，沒有定論。這些人在手抄本上批註，發表意見，被統稱為「脂批」。

我對考證沒有興趣，但這幾個最初閱讀者的批註，似乎也透露關係著小說原著創作的脈絡痕跡，特別是關於衛若蘭這個人物。

我們看過第十四回，在送殯賓客名單中看到「衛若蘭」，匆匆一瞥，不會有印象。有趣的是到了第二十六回，小說中沒有出現的衛若蘭，卻在「脂批」中留下一段話：「惜衛若蘭射圃文字無稿。嘆嘆！丁亥夏。畸笏叟。」

畸笏叟看過沒有修改、沒有遺失以前的紅樓原稿，原稿裡，據他說，有關於衛若蘭這個人物「射圃」的故事。

衛若蘭在院落裡射箭，這一段原稿遺失了。為何遺失？原稿寫了衛若蘭哪些重要的事？為何畸笏叟十分惋惜這一段文字的遺失，連用了兩個「嘆嘆！」表達他的遺憾？

畸笏叟批註的時間是「丁亥夏」，乾隆三十二年，西元一七六七年。

如果只有第二十六回畸笏叟這一短批語文字，相信大家還是搞不清楚衛若蘭的重要性在哪裡。有趣的是，到了第三十一回，畸笏叟又再次提到衛若蘭，這是在第三十一回的回末總批：

後數十回若蘭在射圃所佩之麒麟，正此麒麟也。提綱伏於此回中，所謂草蛇灰線，在千里之外。

衛若蘭的線索連接起來了，大家很熟悉《紅樓夢》書裡有關金麒麟的描寫。第二十九回，寶玉在清虛觀得到一「金麒麟」，第三十一回史湘雲撿到這個「金麒麟」。

先說第二十九回，賈母帶著眾人去清虛觀拈香，清虛觀的住持張道士出迎。這張道士八十幾歲了，曾經是賈府榮國公替身，地位非常高。他請了寶玉身上的那塊玉，拿去給眾道士看。眾道士也都有回禮，放在托盤送回來給寶玉，其中有一個赤金點翠的金麒麟。賈母好奇，拿起來看，問道：「這件東西，好像我看見誰家的孩子也帶著一個？」寶釵就回答說：「史大妹妹有一個。」

《紅樓夢》有「因麒麟伏白首雙星」的回目文字，因此引起許多人討論，認為是賈寶玉與史湘雲結為夫妻的暗示。

到了第三十一回，史湘雲來賈府，身上宮絛繫著她原本有的金麒麟，卻恰好在花園裡又撿到一個金麒麟。丫頭翠縷拿起來比較，還問哪個「陰」、哪個「陽」，顯然暗示了不少關於男女婚配的事。

畸笏叟就在這一回的結尾批註：「後數十回若蘭在射圃所佩之麒麟，正此麒麟也。」

金麒麟到了衛若蘭身上，成為穿針引線的暗示，也讓一個目前在書裡完全消失的人物，有了大家關切的重要性。

畸笏叟說：「草蛇灰線，在千里之外。」說的是《紅樓夢》的寫作技法，一點點隱約的暗示，卻在許多章回之後，到了小說結尾，才發生作用。

所以衛若蘭的重要故事，是在全書後幾十回才發生，而那幾十回恰好「遺失」，也讓前面作者安排的「草蛇灰線」無疾而終。

我喜歡看《紅樓夢》，包括脂硯齋、畸笏叟的批註，我不當考證看，卻覺得像作者自己與自己的對話，在創作上，他們如此知道彼此。

《紅樓夢》的作者真是曹雪芹嗎？好像還有不同意見。但是我看到另一段畸笏叟在一七六七年的批註：「不數年，芹溪、脂硯、杏齋諸子皆相繼別去。今丁亥夏，只剩朽物一枚，寧不痛殺。」

幾個一起閱讀批註書稿的朋友相繼死了，包括雪芹、脂硯、杏齋，唯獨年歲最大的畸笏叟活著。乾隆三十二年，他在書稿上說自己是「朽物一枚」。

我喜歡《紅樓夢》這些「草蛇灰線」，有人當考證索隱，我讀時，只是覺得「寧不痛殺」。

九

李十兒

李十兒這個角色，明顯脫胎於第四回的「門子」，但感覺到補寫者對當時官場的惡習彷彿更有體會。一個看似「清官」的賈政，為了擺平公務系統重重盤剝、貪贓、枉法、集體舞弊的腐敗，竟然把公務的管理就如此交到了李十兒這樣的人手中。

《紅樓夢》後四十回的補寫者熟讀了前八十回原稿，很努力地要把未完的結局一一補上。補寫者對結局的處理，有很多地方明顯模仿前八十回的原作，像第九十九回出現的李十兒，就讓人想到原作一開始賈雨村初做官時遇到的一個衙門裡的「門子」。

這個「門子」，在《微塵眾》第一集就已經提過。

《紅樓夢》原作者寫小人物，出場不多，寥寥幾筆，常常就勾畫出庶民百姓一個無名無姓、社會底層人物的嘴臉。《紅樓夢》作者謹守「寫實」的分寸，對這些卑微人物，只有描寫，沒有主觀的愛憎，沒有嘲諷，這是補寫者遠遠不及的地方。

許多人認為是補寫者「才華」不足，但我總覺得，藝術創作無法更上層樓，最終不完全是「才華」，常常是人性的修行不夠。不夠悲憫，不夠寬容，不夠安靜，看一個人物，太快落入主觀褒貶，愛憎太強，自我意見太多，也就不容易看到完整現象上的真實。

「愛之欲其生，惡之欲其死」，恰恰好在藝術創作上就成為觀察和書寫莫大的障礙。

這個「門子」，連姓名都沒有。他就是賈雨村在應天府復職做官時，公衙裡一個看門的警衛或隨扈吧。

「門子」無名無姓，看過以後卻常常會想到他，正因為無名無姓，他可以是三百年前衙門裡的「門子」，當然也可以是今天法院裡一個警衛或隨扈。

第四回，賈雨村靠賈政同宗推薦的關係，在應天府重新復職。復職後審理的第一個案件，就是薛蟠為搶英蓮打死馮淵的案子。薛蟠是四大家族的官二代、富二代，不把官司看在眼裡，連衙門都不去。賈雨村不明就裡，看被告薛蟠竟然不到案，就要發簽拘拿薛蟠。這時站在一旁的門子就使眼色，暗示賈雨村不要發簽。

賈雨村退堂，在密室詢問，這門子就奉獻出「護官符」，警告賈雨村老爺，要認清官場現實。薛蟠的媽媽是王子騰家族出身，姐姐王夫人嫁給賈政，而賈政就是賈雨村做官的推薦者。門子暗示得很清楚，賈雨村要做官，若拘捕薛蟠，就直接得罪了薛蟠的姨父賈政，間接與四大家族的薛家、王家、賈家為敵。

門子無名無姓，他奉獻的「護官符」卻為新科老爺賈雨村上了重要的一課。賈雨村當下領悟，為薛蟠脱罪開釋，即刻修書報告賈政，案件已經了結。從此以後賈雨村在官場一帆風順，可以說全靠門子這重要的一課。

門子這個人物寫得極好，他原來還是賈雨村落魄時住在葫蘆廟的小和尚，因為廟失了火，沒有寄身之處，才改行到衙門應徵做隨扈。

我喜歡這個小人物，通達人情世故，他們懂得在各種關係裡得一點好處。但是，沒讀過書，他們也還是愚憨，不知道賈雨村這種「讀書人」的可怕，門子因為知道太多老爺的私密事，最後還是被賈雨村隨便找個名目「充發了事」。

到了第九十九回，賈政被外放到江西管理糧米，又遇到很類似賈雨村碰到的事。

賈政其實是個書呆子，有祖父榮國公餘蔭庇護，又有一個女兒賈元春是皇帝身邊當紅的寵妃。在京城中央做官，靠他的謹慎正直，也還做得可以。一旦外放到地方做官，賈政完全不知道當時整個官僚系統層層剝削的習慣，就一再出差錯。

第九十九回，先寫了賈政帶去的「胥吏」，好容易盼到主人從京官派到外地，知道地方上做官油水多，卻沒想到賈政一本正經，到任以後嚴查米糧，「一心做好官」，「州縣餽送一概不受」，下面這些等著拿油水的「公務員」怨聲載道。也有當地送錢關說，買到「隨扈」、「門子」職位的鄉民，也按捺不住，眼看花錢買來的缺，賺不到油水，紛紛鼓譟起來。這時，就是賈政身邊一個看門的李十兒發生了作用。

九十九回有趣的一段，寫賈政要出外拜客，沒有人打鼓，轎夫也找不到，搞了半天，轎夫來了，鼓樂手也不齊，一塌糊塗，轎夫還說三天沒吃飯，抬不動。賈政「一心做好官」，但整個公務系統已經腐敗至此，真正操控公務系統的不是賈政，而是這個躲在暗處的李十兒。

李十兒在賈政一籌莫展的時候講了實話，他告訴賈政，公務系統的「書吏」、「衙役」都是花錢買的職位，主管糧米，是個肥缺，現在碰到賈政有板有眼，撈不到錢，自然無法合作。李十兒跟賈政說得很白：「哪個不想發財？」

賈政是「一心做好官」嗎？他猶豫了，聽完李十兒的話，他回答說：「是叫我做貪官嗎？」

賈政像是問李十兒，又像是問自己。

這李十兒狡猾，知道賈政這種自命清高的讀書人拉不下臉來，就說：「民也要顧，官也要顧。」接著就做了很具體的建議，要賈政繼續做他的「清官」，其他雜七雜八的事，李十兒說：「只要奴才辦去，關礙不著老爺的。」

從此之後，李十兒管事了，鼓樂手也有勁了，抬轎子的也有力氣了，賈政也覺得奇怪，因為從此就「事事周到，件件隨心」。

《紅樓夢》補寫的這一段，李十兒這個角色，明顯脫胎於第四回的「門子」，但感覺到補寫者對當時官場的惡習彷彿更有體會。一個看似「清官」的賈政，為了擺平公務系統重重盤剝、貪贓、枉法、集體舞弊的腐敗，竟然把公務的管理就如此交到了李十兒這樣的人手中。

書上說，「李十兒便自己做起威福，勾連內外一氣的哄著賈政辦事。」

這一段故事總讓我想到今天台灣的政治，賈政一心要做好官、清官，沒有能力處理李十兒這樣的傢伙，動不了整個公務系統根本上的腐爛，說多少漂亮話，政治改革也還是雷聲大、雨點小吧。

真是太久沒有下雨了。

十

張愛玲紅樓夢魘

「《紅樓夢》未完還不要緊，壞在狗尾續貂成了附骨之疽。」
張愛玲其實不遺憾《紅樓夢》未完，
米洛島出土的維納斯斷臂斷手，也還是動人。
她遺憾的是有人亂七八糟續寫，在維納斯身上亂裝不相稱的義肢假手。

讀《紅樓夢》，讀完前八十回，讀到後四十回，許多人都有突兀之感，這本書怎麼了？怎麼不好看了？

一件好的藝術品，必然有一致的風格，若有其他人介入，風格被攪亂，自然就讓人覺得突兀。張愛玲是熟讀《紅樓夢》的，她小時候讀到後四十回，還不知道是其他人補寫的，但她那時已覺得奇怪，〈紅樓夢未完〉這篇文字裡，她這樣說：「小時候看《紅樓夢》看到八十回後，一個個人物都語言無味、面目可憎起來，我只抱怨：怎麼後來不好看了？」

張愛玲註定是要做作家的吧，完全不依靠考據，小小年紀，單憑閱讀的直覺，已經判斷出真偽。這是她後來在美國，花十年時間，依據不同版本，寫出一系列《紅樓夢魘》的原因吧。

所以我讀《紅樓夢》，讀到後四十回，常常習慣拿張愛玲的《紅樓夢魘》來參考。我相信她的天生稟賦，來自一位好的創作者的直覺，那種直覺往往是考證家看不到的文字上的敏銳。

這有點像看畫，一張偽造的宋畫，放在郭熙的「早春圖」旁，怎麼看就不是宋畫。張大千仿的石濤，筆墨都不差，但就不是石濤。我在普林斯頓大學的研究室裡看過張大千仿的石濤，筆墨線條都講究，人物造型更是精準。但如果看過石濤最好的作品，大器渾成，沒有那麼多小細節的斤斤計較，滯墨、敗筆，都不避諱，然而真好，隨意自在，像極了《紅樓夢》原著的真真假假，撲朔迷離。

許多人指出前八十回年齡的錯誤、事件的矛盾，但大概都是不懂創作的人隔靴搔癢的迂腐之見。沒有美學的品味，斤斤計較細節，筆要怎麼拿，墨要怎麼磨，紙鎮要怎麼擺，都只是俗匠可笑鄙吝的自我限制，大創作者絕不被這些小節拘束。

石濤自己說過：「縱使筆不筆，墨不墨，自有我在。」

這是創作的至理名言，沒有自信自在的「我」，被世俗「筆」、「墨」綁住，不會有石濤，不會有《紅樓夢》，也不會有張愛玲。

美，最終是回來做自己。

所以，張愛玲其實不遺憾《紅樓夢》未完，米洛島出土的維納斯斷臂斷手，也還是動人。她遺憾的是有人亂七八糟續寫，在維納斯身上亂裝不相稱的義肢假手。用張愛玲自己的話來說：「《紅樓夢》未完還不要緊，壞在狗尾續貂成了附骨之疽。」

這話說得很嚴重了，張愛玲顯然不喜歡續寫《紅樓夢》的人使一部好作品被「庸俗化」了。

現代人讀《紅樓夢》的矛盾是，要不要就堅持只看到八十回，後四十回完全不看？我過去講《紅樓夢》也的確如此，就只講前八十回。維納斯的假義肢我是不想講的。但是這幾年讀《紅樓夢魘》覺得很有趣，張愛玲這麼恨後四十回，「語言無味，面目可憎」，可是她還真是很認真看了後四十回，比較不同本子，挑出細節，一點一點比對續寫的《紅樓夢》跟原著的差別。

例如，張愛玲敏銳地發現，前八十回原作者寫林黛玉這個人物，「就連面貌也幾乎純是神情」。林黛玉的存在像一種「不存在」，作者不寫她的衣服頭飾，不寫她的長相容貌。黛玉出現時，張愛玲說得好：「通身沒有一點細節，只是一種姿態，一個聲音。」這使我想到原作裡寶玉初見黛玉時的形容，「淚光點點，嬌喘微微」，像看不清楚的一片光，像聽起來若有若無的聲音。

張愛玲因此說：「我第一次讀到後四十回，黛玉穿著『水紅繡花襖』，頭上插著『赤金扁簪』（第八十九回），非常刺目。」

好的創作者一眼看到美學上的真、偽，看到假手義肢，覺得「刺目」。一個人，若是看假的東西看不出來，假的王羲之，假的趙孟頫，不覺得「刺目」，當然就是品味太差，才氣之不可勉強如此。

張愛玲如此痛恨後四十回，卻用了十年時間一一爬梳，彷彿想證明這「狗尾續貂」、「附骨之疽」有多麼讓人討厭。

她痛恨的其實不應該是補寫者沒有才華，沒有才華還是可以做其他事。但是好好一部《紅樓夢》，被後四十回的補寫者弄成「庸俗化」的結局，這是張愛玲在意的了。她說的「狗尾續貂」，是在華貴的貂皮後面接續了廉價的狗尾巴。她說的「附骨之疽」，是深深長在骨頭上的惡性腫瘤，拿都拿不掉。

對於大眾讀者而言，只看到前八十回，無論如何也不能滿足過癮，因此一定會有補寫續寫的人。大眾讀者對一個作品的「完整性」有不同的看法，張愛玲如何痛恨，也無法扭轉。

我開始看後四十回了，看著看著，也跟張愛玲一樣，不時翻到前面做對照。前面黛玉如何如何，後面黛玉如何如何，前面薛蟠如何如何，後面薛蟠如何如何。放下第一直覺的「痛恨」，在這樣的比對裡漸漸得到了趣味，就像拿一張偽造的宋畫，對照郭熙的「早春圖」，更可以懂得「早春圖」好在哪裡。

我總覺得《紅樓夢》的原作者有一種驚人的寬容，在他書寫任何一個微塵般的卑微生命時，都如此謙遜慎重。他知道生命艱難，每一個存活的眾生都有他人不知道的辛苦，他人當然也沒有資格對一個自己不完全理解的生命指指點點。

好的創作者，大抵總是滿眼含著淚水在看眼前的芸芸眾生，看到每一個生命的「痴」，看到每一個生命無可奈何的悲劇，含淚者因此當然不會苛責。「實無眾生得滅度者」，在眾生的「痴」面前，他也看到自己的「痴」，一樣難解脫，因此只有含淚合十敬拜吧。

我想，《紅樓夢》的原作者或許不會那麼「痛恨」續寫的作者吧，才氣不夠，假手義肢裝得不好，但也還是出於善意吧。

十一

襲人

襲人的存在像無事發生，賈母說得好，她形容襲人從小是「沒嘴的葫蘆」。
賈母說這話，有一點貶抑襲人，賈母好像更欣賞晴雯的活潑有主張。
但顯然王夫人喜歡襲人，喜歡她的安分木訥，
不漂亮，也不難看，不聰明，也不愚笨，不爭強好勝，卻也從不會落在人後。

《紅樓夢》裡微塵眾生如此多，一一寫去，也列出很多有趣的人物，但寫來寫去，似乎總是忘了寫襲人。

襲人在《紅樓夢》裡多麼重要，她出場的次數之多，絕不輸給看似主角的黛玉、寶釵。

也許，讀《紅樓夢》必須要破除自己對主角、配角的僵硬分法。《紅樓夢》許多「主角」，如十二金釵的賈元春、秦可卿，出場的次數寥寥可數，用統計學的比例來看，常常不到襲人的一半，甚至更少。

秦可卿是小說一開始就死亡了，若說現實的重要性，沒有太多事件在她身上發生。但是秦可卿寥寥幾次出場，使人印象深刻。例如，第十三回，小說開始沒多久，秦可卿病重，死時魂魄來托夢，提醒王熙鳳「月滿則虧」、「登高必跌重」的道理，叮嚀王熙鳳應該早做家族規劃，也預言未來賈家必然「樂極生悲」、「樹倒猢猻散」。

秦可卿叮囑了幾件重要的具體謀劃，走的時候還唸了兩句詩：「三春去後諸芳盡，各自須尋各自門。」因此，即使秦可卿死後，人已經不在現實中存在了，卻還是讓人覺得這個人的魂魄總是在賈府遊遊蕩蕩，魂牽夢縈。寧國府、榮國府、大觀園中、花前月下，秦可卿無所不在，像一個影子，靜靜在一旁看著家族一場一場的繁華。

到了七十五回，家族敗象已露，秦可卿的公公賈珍中秋夜宴，通宵達旦吃喝玩樂，忽然聽到一聲悠長嘆息。嘆息聲隨風翻過牆頭，牆外即是賈氏家祠。賈珍毛骨悚然，聽到隨著嘆息聲之後，家族祠堂的門開開闔闔的聲音。那一段，許多人會聯想到是祖先顯靈，哀嘆後代子孫墮落敗家。但我無端會想到秦可卿，想到她被公公賈珍逼姦、懸樑自盡的久遠故事。

《紅樓夢》的微塵眾生，寫法千變萬化，像秦可卿，有時竟是以死亡的形式活著吧，她在人間就只是一聲悠長的嘆息，卻使人難以忘懷。

賈元春是另外一種存在形式，她在小說一開始就嫁進了皇宮，她彷彿始終在雲端高處，接觸她的人，跪在遠遠的階陛底下，不敢抬頭。即使奉命抬頭，仰頭看時，因為背著光，驚惶畏懼，心跳如雷，也還是看不清楚相貌細節，只有一個模模糊糊的輪廓。

賈元春撲朔迷離，高深莫測，她的出現真如同「咫尺天威」，只是一片金光，讓人不敢看，也看不清楚。

她真正的出場，大概也只有在第十八回。戌初動身，太監拍手示意「來了，來了」，她見家人、祭祖、宴飲、看戲、賦詩，然後太監報告：「時已丑正三刻，請駕回鑾。」賈元春此後就再也沒有在現實中出現了。她之後的出現，只是宮裡傳來的「手諭」或「賞賜」。沒有人見得到她，然而賈元春也總是存在的。

賈府大觀園一季一季的繁花似錦，似乎總使人記得曾經來過的一位皇妃，從來到走，如此匆匆，只有幾個時辰。然而因為她，才有了季節繁華。

這兩個人物的寫法與襲人恰好相反，她們以不存在的方式存在、來過，就留下讓人忘不了的記憶。

襲人相反，總是「在」現場，卻讓人覺得她不在。

襲人使我想到華人社會一種奇特的「隱形」，在學校裡有過這樣的同學，有過這樣的學生，每次點名他都在，但是永遠不記得他具體的事件。如果教書，很害怕遇到這樣的學生，沒有意見，沒有看法，不發言，不舉手；存在，卻好像不存在。

有時候去公家機關辦事，也會碰到這樣的公務員，存在，可是好像不存在。在一個職位上做了三十年，快退休了，但是每次去都不記得他，相貌記不得，名字記不得，做了什麼事也記不得，也客氣寒暄，但就是記不起來他做了什麼事。

襲人在今天，會是一個很好的公務員吧，認真負責，一直做到退休，沒有做過錯事，但是做過什麼重要的事，也真想不起來了。

我這是在褒貶襲人嗎？好像也不是。我想到晴雯，會想到她愛美、伶牙俐齒，想到她細心用鳳仙花慢慢染養到三寸長的指甲，想到她重病中卻拚了命補「孔雀裘」，補到休克過去。晴雯的存在這麼清楚鮮明，擲地有聲。

然而襲人的存在像無事發生，賈母說得好，她形容襲人從小是「沒嘴的葫蘆」。賈母說這話，有一點貶抑襲人，賈母好像更欣賞晴雯的活潑有主張。但顯然王夫人喜歡襲人，喜歡她的安分木訥，不漂亮，也不難看，不聰明，也不愚笨，不爭強好勝，卻也從不會落在人後。

襲人的人生哲學其實有趣，也不容易做到，但是華人社會裡不乏襲人一類的人，為數或許還不少，而且也大多很受主管（像王夫人）賞識重用。襲人當然值得好好研究，至少找到她存在的意義吧。

隨便翻一翻《紅樓夢》，襲人總是在現場，但是真奇怪，這麼重要的一個人物，卻又總不讓你覺得她存在。使人想弄清楚，作者對襲人這個角色的寫法。

她總是跟在寶玉身邊，若有事，若無事，許多事都由襲人經手，襲人若不在怡紅院，其他丫頭也都無主張。

第九回寫賈寶玉要去讀書了，一大早，襲人把「書筆文物」包好，接著囑咐小少爺幾句話，真是可圈可點：「大毛衣服我也包好了，交出給小子們去了。學裡冷，好歹想著添換，比不得家裡有人照顧。腳爐、手爐的炭也交出去了，你可著他們添。那一起懶賊，你不說，他們樂得不動，白凍壞了你。」

我喜歡看襲人這些瑣碎小事，像媽媽姐姐的嘮叨，學校其實就在附近（一里之遙），但她不放心，她關心寶玉，怕他離開她，別人照顧不好。如果是公務員，襲人也是一個好公務員吧。

十二

寶玉與襲人

寶玉一時一刻也離不開襲人，真的是小男孩的「情切切」。
寶玉跟襲人的情感，或許是許多青少年成長過程中都有的經驗，
他們會愛上比自己年齡大的姐姐，甚至女老師、阿姨，
從那裡得到安心，甚至也學到最初的性。

《紅樓夢》裡許多女性，襲人出場次數最多，她總在寶玉這少爺身邊，無時無刻不在，但有趣的是，總不讓你覺得她存在。

《紅樓夢》多讀幾次，會對襲人存在的方式感到興趣。我們今天的社會，多半人都爭著出鋒頭，好像很怕被人遺忘，生怕別人看不到自己，不斷發言，不斷有動作，聒噪騷動，很難安靜下來。襲人存在的方式剛好相反，她總是不多話，安分守己，她是傳統華人社會韜光養晦的典型，似乎永遠退在眾人後面。

在人際關係複雜的《紅樓夢》世界，襲人其實是成功的，她最終受到王夫人重視，依靠她做眼線，打小報告，給她相等於姨娘的薪俸，等於默許她將來就是少爺寶玉的侍妾。王夫人已默默將寶貝兒子託付給了襲人。

對於出身卑微貧窮，賣身到賈家為奴的襲人而言，可以一輩子侍候寶玉，做寶玉的妾，是她最好的下場，也是她朝思暮想的盼望吧。

小說裡襲人的故事很多，也很完整，我特別喜歡第十九回〈情切切良宵花解語〉。這一回緊接元春回家省親轟轟烈烈的熱鬧場面，十九回一開始，就說「襲人的母親又親來回過賈母」，「接襲人家去吃年茶，晚上才得回來。」

襲人回母親家去，這一天是襲人缺席，卻顯得少爺寶玉似乎一刻離不開襲人。寶玉先跟幾個丫頭擲骰子，玩耍一會兒，元妃賜了宮裡糖蒸酥酪點心，寶玉想起襲人愛吃這個，囑咐留給襲人回來吃。寶玉又被請去寧國府作客，但那天他連看戲也覺得無聊，失魂落魄，無意間撞到書僮茗煙跟丫頭卍兒胡搞。寶玉最後百無聊賴，就央求茗煙帶他去花襲人家。

許多小事繞來繞去，總在牽掛襲人。寶玉一時一刻也離不開襲人，真的是小男孩的「情切切」。

寶玉已經發育，第六回就跟襲人有了肉體關係。襲人卻不像是愛人，是大姐姐，也像母親，小男孩在她面前撒賴撒嬌，連第六回寫性行為，襲人也只是半推半就。她從不拒絕這少爺，從不拂逆這少爺，她就認定了是一輩子要照顧這男孩的「姐姐」。

寶玉跟襲人的情感，或許是許多青少年成長過程中都有的經驗，他們會愛上比自己年齡大的姐姐，甚至女老師、阿姨，從那裡得到安心，甚至也學到最初的性。

寶玉那一天繞來繞去還是想去看襲人，茗煙不敢作主，任性的小少爺就說「有我呢」。

到了花家，襲人嚇一大跳，責備茗煙不該胡來。她哥哥花自芳說「茅簷草舍，又窄又髒」，但寶玉只是好奇。進了屋，襲人拿了自己的坐褥，自己的腳爐、手爐給寶玉用，又用自己的杯子斟茶。襲人母親擺出一桌子果品，襲人看一回，沒有可給寶玉吃的，最後親自「捻了幾個松瓤，吹去細皮，用手帕托著給他。」

這是襲人，完全像照顧小弟弟，這麼細心，這麼體貼，無微不至，使人想到她的判詞裡的「枉自溫柔和順」。

寶玉雖是少爺，嬌生慣養，卻對身邊的丫頭極細心呵護，他發現襲人「兩眼微紅，粉光融滑」，便問襲人：「好好的哭什麼？」襲人當然不承認哭過，只說：「才迷了眼揉的。」

襲人是哭過了。她是家裡窮，賣身到賈府做奴婢的，家境好轉，哥哥要替她贖身嫁人，她嚴詞拒絕。她說：「當日原是你們沒飯吃，就剩了我還值幾兩銀子，要不叫你們賣，沒有個看著老子娘餓死的理。」

《紅樓夢》的好看，一遍一遍耐人尋味地看，原在這些人情小事上，使人感嘆，使人無奈。一個窮人家女孩兒，不忍看父母餓死，賣身到富貴人家做奴僕。她感嘆自己身世，又說：「如今幸而賣到這個地方兒，吃穿和主子一樣，又不朝打暮罵。」

她因此絕不肯贖身離開，只跟哥哥說：「權當我死了，再不必起贖我的念頭！」

這是襲人哭的原因，但她不告訴小少爺，她其實是心疼這從小照顧的小男孩，她也離不開了。

襲人是照顧寶玉最多的人，也希望這無法無天的小少爺要上進讀書，接受世俗的規矩，但是寶玉總跟她撒賴。襲人一生氣說要走，小少爺就說去做和尚。襲人寵寶玉，她其實約束不了這青少年放肆狂野、背叛世俗禮教的本性。

在十九回，襲人勸寶玉三件事，第一，不准再說「死」這個字。第二，真愛念書或假愛念書，在父親面前都要裝愛念書。第三，不准再弄女孩兒的花啊粉啊的，偷吃嘴上的胭脂。

這一段寫寶玉極可笑，活脫脫一個寵壞的小少爺，他向襲人撒賴：「好姐姐，好親姐姐！」一連聲撒嬌。襲人要他改正的毛病，他都答應：「都改！都改！再有什麼快說罷。」

看到這裡，會禁不住噗哧笑出來，這小少爺對襲人什麼都答應改，讀者卻明白，寶玉一項也不會改。他在襲人面前也就是一路撒賴，襲人也拿他沒辦法。

現實生活中，我們不難看到襲人和寶玉的這種關係。是一種愛嗎？或許是吧。

襲人的下場，不同版本《紅樓夢》有不同的結局。現在通俗的本子，到第一二〇回，寶玉出家後，襲人被王夫人安排出嫁，她一路想自殺，又怕拖累別人，最後嫁給了蔣玉菡，應驗判詞的「堪羨優伶有福，誰知公子無緣」。

但是脂硯齋在第二十回留著批語，似乎是賈家抄家之後，寶玉、寶釵生活艱難到無以為繼，寶玉就遣散所有奴僕，襲人也被迫嫁人，臨走時襲人勸說「好歹留著麝月」。

如果「脂批」可信，襲人在最後無可奈何的時候，也還是為這少爺著想，安排麝月在他身邊照顧。襲人嫁給蔣玉菡，也在書末成為救濟貧困交迫的寶玉的恩人。襲人一生只為寶玉一個人活著。

十三

襲人母喪回家

鳳姐對襲人的「彈墨花綾水紅綢裡的夾包袱」也不滿意，
命令平兒換一個「玉色紬裡的哆囉呢包袱」。
如果在今天，鳳姐大概會搬出一個LV的名牌行李箱給襲人用吧。
貴族家的人出門，是連行李箱也不能寒酸的。

襲人的故事，我還喜歡看第五十一回。那是一個冬天傍晚，吃晚飯的時候，有人來報告王夫人，說襲人的哥哥花自芳來訪，因為襲人母親病重，想見女兒一面，請求主人恩典。賣身為奴的女孩兒原是不能請假的，但王夫人慈悲，就說：「人家母女一場，豈有不許她去的！」就命鳳姐處理這事。

襲人回家探母親的病，原以為是小事，不值得大肆張羅。第五十一回初次讀到，還真嚇了一跳。鳳姐處理襲人回家，先命令管家周瑞家的親自負責跟班，再安排帶一個出門的媳婦，總共是兩個有年歲經驗的女人，「再帶兩個小丫頭子」，一共就是四個女人做襲人跟班。這還不夠，又派了四個有年紀的「跟車的」。

襲人回家探母，派了兩輛車，一輛大的給襲人和周瑞家的兩個女管家坐，小車給兩個小丫頭坐。

襲人，一個賈府奴婢，回家探親是這樣的排場。

出發以前，鳳姐說：「那襲人是個省事的……」意思是說，襲人個性不願意麻煩別人，不願意出鋒頭，不願意張揚。但鳳姐傳話：「你告訴說我的話：叫她穿幾件顏色好衣裳，大大的包一包袱衣裳拿著，包袱也要好好的，手爐也拿好的。」

顯然鳳姐覺得：襲人回家，不只是襲人的事，也是賈府的臉面。公爵府的丫頭回家看母親，排場要夠，四個女人、四個車夫跟著，衣服、手爐、行李箱都必須要體面，不能丟臉。鳳姐還不放心，交代周瑞家的說：「臨走時，叫她先到這裡來我瞧。」鳳姐要親自檢查，才讓襲人出門。

襲人裝扮好了，過來給鳳姐看，周瑞家的和兩個丫頭拿著手爐、包衣服的包袱。鳳姐仔細檢查，先看襲人頭上戴的「金釵」、「珠釧」，覺得也還夠華麗。又檢查衣服，襲人上身穿的是「桃紅百花刻絲銀鼠襖」，下面是一條「蔥綠盤金綵繡綿裙」，外面罩一件「青緞灰鼠褂」。鳳姐一眼看出來，這三件衣裳都是賈母或王夫人給的，都是講究的織品。但是鳳姐對襲人的「青緞灰鼠」外套不滿意，覺得「青緞」顏色「太素了」，而且以當時的氣候也不夠保暖，「穿著也冷」，鳳姐就建議應該穿一件「大毛的」。

襲人回家一趟，鳳姐檢查衣服要這樣慎重，作者花了將近千字描述她們的對話。襲人解釋：這件素淨的「青緞灰鼠褂」是王夫人給的，另外還有一件「銀鼠的」，要等過年時再給一件「大毛的」。

鳳姐就說：「我倒有一件大毛的，我嫌風毛兒出不好了，正要改去……」鳳姐講了一個現代人不容易懂的織品術語，「風毛」是冬天外套裡面的皮毛襯裡，灰鼠或銀鼠的毛，在領口、袖口或前襟、下襬處露出一個毛邊，一方面是為了裝飾，另一方面也讓人知道裡面的皮毛襯裡有多麼講究，是多麼珍貴的皮毛。

鳳姐大概嫌工匠手工太粗，「風毛兒出不好」，是指領口、袖口露出的皮毛不夠漂亮，或者露太多，像暴發戶，或者露不齊，針法不細緻，她正要拿去修改，就決定先給襲人回家拿去穿。

鳳姐還半開玩笑地說：「等年下太太給你做的時節，我再改罷。只當你還我的一樣。」

一來一往，這一段像是檢查襲人回家出門的裝扮，其實也是在透露鳳姐管家的精明。旁邊的媳婦、丫頭們當然也藉機奉承，讚美鳳姐多麼大方，自己的私人名牌衣服都捨得拿出來給下人們分享。大家齊聲讚揚：「誰似奶奶這樣聖明！在上體貼太太，在下又疼顧下人。」鳳姐又出了一次鋒頭。

鳳姐拿出來給襲人穿的是「石青刻絲八團天馬皮褂子」。外套檢查完，鳳姐對襲人的「彈墨花綾水紅綢裡的夾包袱」也不滿意，命令平兒換一個「玉色紬裡的哆囉呢包袱」。看到這裡，常會覺得如果在今天，鳳姐大概會搬出一個LV的名牌行李箱給襲人用吧。貴族家的人出門，是連行李箱也不能寒酸的。

臨行之前，鳳姐還有話交代襲人：「你媽要好了就罷；要不中用了，只管住下，打發人來回我，我再另打發人給你送鋪蓋去。可別使他們的鋪蓋和梳頭的傢伙。」

襲人回家只是探病，鳳姐預料要是襲人母親臨終，必然要辦喪事，襲人得在家裡住下，一段時間不能回家，因此吩咐，絕不可用娘家的棉被鋪蓋，甚至梳頭化妝的東西，她會另外找人送去襲人私人的物件。

襲人回家，是連家中男眷都要迴避的。果然不久就有人傳話，說襲人母親「業已停床，不能回來」。鳳姐就即刻命人到大觀園怡紅院取襲人的「鋪蓋妝奩」，送去襲人家。

那一天晚上襲人不在家，是晴雯和麝月侍候寶玉，但到了三更，寶玉在睡夢中習慣性地連著叫了幾聲「襲人」。麝月聽到，還開玩笑說：「他叫襲人，與我什麼相干！」寶玉日常是時時刻刻不能沒有襲人的。

襲人不在家，怡紅院不只寶玉這少爺失魂落魄，總覺得少了什麼；晴雯、麝月這些丫頭，也一時無主，有事總不知如何處理。

例如，隔幾日晴雯生病，找了醫生看病，最後要付醫生看診的錢，寶玉要麝月拿銀子，麝月說：「花大姐姐還不知道擱在哪裡？」寶玉道：「我常見她在那小螺甸櫃子裡拿銀子，我和你找去。」打開了鑲嵌螺甸的小櫃子，找到銀子，麝月要秤一兩銀子，卻認不出「戥子」（小秤）上的「星兒」（計量標誌）。麝月問寶玉，寶玉也好笑，說：「你倒成了是才來的了。」

襲人不在，顯然怡紅院裡全亂了章法。

十四

麝月

寶玉睡夢中要喝茶，一連叫幾聲「襲人」。

麝月其實醒了，她回了一句：「他叫襲人，與我什麼相干！」

這當然是玩笑話，但是她的玩笑話裡也透露出她的撒嬌吧。

她內在是有一個做妹妹要被疼愛的部分，這樣的玩笑話襲人是不會說的。

麝月是《紅樓夢》裡有趣的一個人物，她是怡紅院寶玉身邊重要的丫頭。襲人、晴雯，第三個重要的丫頭就是麝月了。但是對讀者來說，好像很容易記得襲人做了什麼，晴雯做了什麼，卻常常想不起來麝月有什麼故事。

一般的論述常常說麝月是襲人的模子翻版，內斂，不露鋒芒，處事圓融。或許因為如此，晴雯個性的剛烈鮮明反而容易被記憶。晴雯敢愛敢恨，「撕扇」、「補裘」，她的故事像色彩奪目、對比強烈的畫面，看過以後印象深刻，也很難忘懷。

麝月在第二十回裡有過一段故事。元春元宵節回家省親，熱鬧剛過，襲人受寒臥床，怡紅院的丫頭晴雯、秋紋、碧痕都出去賭錢玩耍，唯獨麝月一個人在房裡，坐在燈下抹骨牌玩。寶玉關心，就問麝月：「你怎麼不和她們去？」麝月打趣說：「沒有錢。」寶玉說：「床底下堆著錢，還不夠你輸的？」這時麝月才說了心裡的話，這一段話常被引用，也成為介紹麝月個性重要的引證。

麝月說：「都樂去了，這屋子交給誰呢？」

她說，襲人在生病，屋子裡上面是燈，下面是火，都要小心看著。她又說，老嬷嬷忙累一天，該休息了，小丫頭也服侍一天，該讓她們去玩玩。

麝月顯然覺得，過年燈節，處處火燭很危險，一定要有人照顧。襲人又生病，老嬷嬷該休息，小丫頭該散散心，所以算來算去，還是該她留下來守著。

寶玉聽了，覺得麝月這麼體貼懂事，處處為他人著想，心裡就讚歎「公然又是一個襲人」。

「公然又是一個襲人」，就常常被學者引述來說明麝月的個性。

但是，麝月果真只是襲人個性的翻版嗎？第二十回看下去，更有趣的是寶玉的反應，這貴族家長大、養尊處優的小少爺，覺得不應該大過年的讓麝月一個人孤守著屋子，不能出去玩，就跟麝月說：「我在這裡坐著，你放心去罷。」

《紅樓夢》看了許多次，看到這裡還是不禁笑起來，這好像今天企業老闆要警衛出去玩，跟警衛說：「我在這裡，你放心去罷。」

《紅樓夢》顛倒世俗價值，並不寫在驚世駭俗的大事上，卻借許多這樣的小事道出，一不經意，就容易錯過。

麝月當然不會去，她說：「你既在這裡，越發不用去了，咱們兩個說話玩笑豈不好？」寶玉想起來，早上麝月說「頭癢」，就建議：「我替你篦頭罷。」

篦子現代人不太用了，它比梳子的齒細密，梳頭髮，也刮搔著頭皮。

寶玉這少爺最快樂的事就是服侍丫頭，為她們化妝，調胭脂，篦頭。他老爸最恨兒子如此沒出息，常常為此痛打他，然而寶玉樂此不疲。

寶玉不覺得自己是少爺，他是花神，來人間守護青春，無微不至。

麝月卸去釵釧，解開頭髮，寶玉就替她梳篦。正巧晴雯進屋裡來拿錢，看到了，就冷笑說：「交杯盞還沒吃，倒上頭了。」

「上頭」是傳統婚禮的儀式，也正是用梳頭來象徵。晴雯嘴利，就拿來調侃兩人的親密關係。這是一段有關麝月、寶玉的小故事，看過也就過了，不覺得有什麼。但是恰好脂硯齋留下這樣一段批註，說賈家敗亡，最後襲人走時，要寶玉「好歹留著麝月」。許多紅學考證依據這一段批註，認為《紅樓夢》結尾是麝月跟了寶玉；小說一開始的「上頭」、「篦頭」，不只是事件，也像是小說結尾千里伏線的隱喻暗示。

脂硯齋這一段批語，也許還呼應著第六十三回麝月的故事：

寶玉過生日，群芳祝壽，玩抽花名的籤。寶釵抽了牡丹，探春抽了杏花，李紈抽到梅花，黛玉抽了芙蓉，湘雲抽到海棠，麝月接在眾人之後，抽出了一支「荼蘼」，上面註解四個字「韶華勝極」，還有一句舊詩：「開到荼蘼花事了。」麝月讀不懂，問寶玉為何是「開到荼蘼花事了」？寶玉皺了眉頭，忙把籤藏了，支吾過去，只說「喝酒」。這支籤上註明，要「在席各飲三杯送春」。

繁華到了盡頭，看來第六十三回的「荼蘼」，也的確暗示著麝月與小說結局的關係吧。

麝月是襲人的翻版嗎？襲人處處都像一個大姐姐，全部心思都在照顧寶玉身上。她不常跟寶玉玩鬧，只要有機會，襲人總是軟硬兼施，勸誘這個頑劣調皮的小少爺不要不務正業，多少讀點書，想想考試科舉的事，多跟老爸那些讀書做官的朋友接近。襲人的勸誘很難發生效果，小男孩在姐姐面前，還是撒賴的時候居多。襲人的話，寶玉聽了，口頭上說「句句都依」，事實上沒多久都當成了耳旁風，沒有認真照做過。

麝月其實更像是寶玉親近的妹妹，有襲人悉心的照顧，麝月有時候還彷彿故意偷懶。

我喜歡第五十一回，襲人回家探親，怡紅院像是沒有了大人，那天入睡前，麝月忙著鋪床，又叮嚀晴雯放下鏡套，又張羅要不要取暖用的湯婆子。晴雯懶得動，結果是寶玉去放了鏡套。到了晚間，寶玉睡夢中要喝茶，一連叫幾聲「襲人」，晴雯醒了，罵麝月，連她睡在外面都聽到了，麝月還睡死一樣。麝月其實醒了，她回了一句：「他叫襲人，與我什麼相干！」

這當然是玩笑話，麝月還是起來給小少爺洗杯子，弄熱茶，但是她的玩笑話裡也透露出她的撒嬌吧。她內在是有一個做妹妹要被疼愛的部分，這樣的玩笑話襲人是不會說的。

我喜歡這一段，麝月單穿著睡覺時的「紅綢小棉襖」，寶玉怕她冷，說：「披上我的襖兒再去。」麝月就把寶玉起夜的「貂頦滿襟暖襖」披上，給寶玉倒了茶，服侍寶玉喝了，麝月就披著這件柔軟溫暖的貂毛外套，出門去看那一晚的月色了。

十五

碧痕洗澡

晴雯說：「還記得碧痕打發你洗澡，足有兩三個時辰，也不知道做什麼呢。」
洗什麼澡要洗兩三個時辰？《紅樓夢》的小小事件引人遐思，
那個大家都不敢進去的洗澡間，究竟暗藏著什麼玄機？
作者照樣不明說，讓人遐想了三百年。

怡紅院的丫頭，大家熟悉的有襲人、晴雯，麝月的重要性少一些，印象更模糊的可能是碧痕。第六十三回寶玉壽宴湊錢，碧痕列在第二等丫頭中。

碧痕在小說裡出現約五、六次，有時只是被提到，沒有故事發生，讀者也不容易有印象。

例如第二十回，賈府過年，襲人生病臥床，怡紅院的丫頭「晴雯、綺霰、秋紋、碧痕都尋熱鬧」，找賈母房裡的丫頭鴛鴦、琥珀玩耍去了。

這一段碧痕只有名字出現，長相、性格，作者都沒有描寫。

同樣的，第二十六回，碧痕也只是名字出現了一下。講她跟晴雯拌嘴，晴雯一肚子氣，就發在正好來訪的寶釵身上，晴雯嘴裡咕噥著：「有事沒事跑了來坐著，叫我們三更半夜的不得睡覺！」

這兩回中，碧痕都只有名字，我們頂多只有浮淺印象：這丫頭愛玩耍，愛拌嘴。

碧痕描寫比較多是在第二十四回，碧痕跟秋紋去提水，有了事件。

這一天，賈寶玉去北靜王府作客，晚上回到家，換了衣服，正要洗澡。平日侍候他的丫頭們都不在，襲人被寶釵請去打結子；秋紋、碧痕去提水；檀雲回家給母親過生日，麝月回家養病。只剩幾個做粗活的丫頭，也都玩耍去了。

寶玉想喝茶，一連叫兩三聲都沒有人回應。奴婢眾多的怡紅院，留下一個小少爺，無人當差，這樣空寂，也是少有的事吧。

叫了兩三聲後，來了幾個做粗活的老婆子，寶玉最嫌厭這樣的婆子，趕緊擺手說：「罷！罷！」打發了她們出去。

寶玉看沒有丫頭，只好自己拿了碗，跑去倒茶。他剛拿起茶壺，就聽到背後一個女孩兒的聲音：「二爺看燙了手，等我倒罷。」

看到這裡，覺得《紅樓夢》像最好的電影，是有畫面停格的。

這個丫頭是小紅，寶玉不認識，還特別問她：「你也是我屋裡的人嗎？」小紅回答說：「是。」寶玉說：「既是這屋裡的，我怎麼不認得？」

這一段是《紅樓夢》的經典，小紅這丫頭是在外面做打掃、澆花工作的，她都在院子裡，沒有機會靠近寶玉少爺。

寶玉說「不認得」，小紅的回答有點辛酸，她說：「爺不認得的也多呢，豈止我一個。」又說：「從來我又不遞茶水、拿東西，眼面前兒的一件也做不著，哪裡認得呢？」

短短一段，看到怡紅院丫頭眾多，階級分等繁複，像小紅每天掃地澆花，老在院子裡，進不了屋子，靠近不了少爺，少爺也不認識她，不知道有這樣一個人。

小紅是好強的丫頭，她始終努力著要出人頭地，這一天，是她偶然遇到機會來給寶玉倒茶？還是處心積慮計畫了很久，終於找到了好時機？作者沒有明說，留下很大的空間，讓讀者自己判斷。這是《紅樓夢》好看的原因，一次一次看，會有一次一次不同的揣摩領悟。

小紅似乎上手了，至少讓小主人認識了她。寶玉對小紅有了印象——「細挑身材，十分俏麗甜淨」。小紅機靈聰慧，頭腦清楚，也立刻表現自己的能幹，向小主人回報了今日賈芸來園裡拜訪的事。

寶玉正和小紅說話，秋紋和碧痕提水回來了。兩個人一路嘻嘻哈哈、說說笑笑，一桶水也潑潑撒撒。小紅似乎立刻警覺，趕忙迎接出去。秋紋、碧痕看到小紅從屋裡出來，立刻覺察有異，兩人看屋裡只有寶玉，都「心中俱不自在」。

秋紋、碧痕先安排了寶玉去洗澡，等寶玉不在旁邊了，就找小紅興師問罪，劈頭就問小紅：「方才在屋裡做什麼？」

小紅掩飾說是要找丟了的手帕，正好遇見寶玉要喝茶，才去幫忙倒茶。秋紋反應強烈，「兜臉啐了一口」，罵得很難聽：「沒臉面的下流東西！正經叫你催水去，你說有事，倒叫我們去……」

看起來，小紅的確有預謀，原來該她提水，卻找理由支使秋紋、碧痕去。秋紋因此大罵：「你可搶這個巧宗兒！一里一里的，這不上來了嗎？」

丫頭間的爭風吃醋似乎很嚴重，小紅一日一日想努力靠近主人的心機，好像也被發現了。秋紋最後好好教訓侮辱了小紅一句：「你也拿鏡子照照，配遞茶遞水不配！」

碧痕接在秋紋之後，也數落小紅，說以後凡是遞茶遞水的事大家都不動，就讓小紅去獻殷勤。

碧痕和秋紋一樣，上面不敢僭越襲人、晴雯，對下面的小紅也絕不放棄一點侮辱壓迫的機會。小紅完全不敢回嘴。微塵眾生的卑微辛酸，這是《紅樓夢》的現實世界，其實一點也不浪漫。

關於碧痕最好看的一段在第三十一回，有趣的是，這一段故事卻是藉著晴雯口中說出的。

第三十一回晴雯跟寶玉鬧彆扭，寶玉煩了，要攆晴雯出去，襲人跪下央求，秋紋、碧痕、麝月也都一起跪下。寶玉還是心疼晴雯，晚間回來，就安撫晴雯，跟她說好話，逗她玩，又鬧著要跟晴雯一塊兒洗澡。

晴雯笑著說：「罷！罷！我不敢惹爺。」就說出某一次寶玉跟碧痕一起洗澡的故事。她說：「還記得碧痕打發你洗澡，足有兩三個時辰，也不知道做什麼呢。我們也不好進去。」

洗什麼澡要洗兩三個時辰？《紅樓夢》的小小事件引人遐思，那個大家都不敢進去的洗澡間，究竟暗藏著什麼玄機？作者照樣不明說，讓人遐想了三百年。

晴雯繼續說：「後來洗完了，進去瞧瞧……」她的形容有趣：「地下的水，淹著床腿子，連蓆子上都汪著水，也不知是怎麼洗的。」晴雯笑翻了，說大夥講這故事，「笑了幾天」！

晴雯因此拒絕了跟寶玉一起洗澡，但寶玉、碧痕洗澡，到底做了什麼，近幾年已經有人揪團在網路上瘋傳。《紅樓夢》的「留白」成為集體創作空間，可見大家對作者不說的事還是充滿了好奇。

十六

墜兒與蝦鬚鐲

晴雯是「爆炭」的脾氣，墜兒被戳，疼得亂哭亂喊。
許多人會同情墜兒，一個被壓在最底層的小奴婢，生活裡沒有任何希望，
她看到一支其實值不了多少錢的細細蝦鬚鐲，就動了偷竊之心，
結果被侮辱，被趕出去，毀掉自己做奴婢的工作。

墜兒，或叫小墜兒，她是怡紅院的小丫頭。位階比襲人、晴雯、麝月、秋紋都低，比碧痕似乎也低，感覺起來是跟在院子裡掃地、澆花、提水的小紅同一個等級。這種做粗活打雜的丫頭，連寶玉的屋裡都不能進去，寶玉也常常認不出她們，因此她們的委屈好像特別多。小紅跟墜兒也常躲在一塊兒講心事，吐露苦水，彼此安慰。

第二十六回是常常被引述的片段。

小紅被幾個大丫頭壓著，又單戀著賈芸，心情不好，悶悶的。一個小丫頭佳蕙來看她。佳蕙歡天喜地，因為寶玉派她去瀟湘館送茶葉給黛玉，剛好賈母送錢來，丫頭們分錢，黛玉順手抓了兩把給佳蕙。佳蕙把錢都給小紅，說：「你替我收著。」

看來小紅在下等的丫頭中很有人緣，佳蕙、小墜兒都跟她好，佳蕙不只放心把錢交給小紅管，她也關心小紅的心事。她擔心小紅是不是有病，要不要回家休養，還天真地建議跟黛玉討些藥吃。

佳蕙覺得小紅這樣「懶吃懶喝的」不是辦法，小紅卻說：「還不如早些死了倒乾淨。」佳蕙看出來小紅心裡的悶，是被人踩在腳下不得伸展。她也為小紅叫屈，說寶玉生病，賈母分等級犒賞服侍的人，襲人沒話說，晴雯、綺霞幾個也都算在「上等丫頭」，佳蕙說自己年紀小，當然算不上，但是其中沒有小紅，佳蕙就抱怨「我心裡就不服」。

下面一段話，就是常被引用的小紅對命運的感嘆：「『千里搭長棚，沒有個不散的筵席』，誰守誰一輩子呢？不過三年五載，各人幹各人的去了。那時誰還管誰呢？」

這像寶玉、黛玉的心思，寶玉冥冥中知道繁華若夢，害怕散去，也知道必然散去；黛玉對「不散的筵席」看得透徹，即使感傷，也沒有非分的妄想。

作者寫小丫頭心裡長久積鬱的不平，如此委婉。小紅在委屈中，卻對自己的生命有決絕的要求，她想改變自身的處境，想靠近寶玉，想接近賈芸，都是希望在悶局裡闖一條路出來。

第二十六回，作者像有意替這些無名無姓、微塵一樣的小丫頭們講一兩句話，不只是小紅，不只是佳蕙，其間還夾著一個沒有名字、「未留頭的」小丫頭。

這小丫頭拿來幾個花樣子和兩張紙，要小紅描出來，說完翻身就走。小紅追著問：「倒是誰的？也等不得說完就跑……」小丫頭說：「是綺大姐姐的。」所以綺霰可以如此支使小紅。

襲人、晴雯是奴婢，小紅、佳蕙、墜兒是奴婢的奴婢。作者都看見了，他的回憶裡不只是富貴繁華。

寫完佳蕙，第二十六回緊接著就寫了小墜兒。賈芸賄賂王熙鳳，得到進大觀園種樹的差事。墜兒帶賈芸進花園，遇到了小紅，兩人眉目傳情，小紅有點臉紅，似乎也是她不可知的丫頭命運裡一點希望的曙光吧。

賈芸從墜兒口中得知小紅丟了一塊手帕，恰好被他撿到，賈芸卻故意把自己的手帕交給墜兒轉交。小紅後來拿到，明知這是傳情的暗示，卻也收下。天長地久苦悶的生命裡，連這樣渺茫的遊戲彷彿也是好的。

墜兒把賈芸的手帕交給小紅是在第二十七回，作者沒有直寫，卻是借著寶釵撲蝶玩耍，誤打誤撞在湖心亭子外偷聽到的。

墜兒說：「你瞧瞧這手帕子，果然是你丟的那塊，你就拿著；要不是，就還芸二爺去。」

小紅說：「可不是我那塊！拿來給我罷。」

在秘密的湖心亭，墜兒、小紅一句一句說著女兒心事，墜兒要小紅謝賈芸，小紅就說：「拿我這個給他，算謝他的罷。」小紅也要墜兒起誓，不可以告訴別人。卻沒想到這樣私密的事，這樣可以惹禍的事，都被寶釵聽到了。

小紅剛警覺可能有人偷聽，要推開窗看，寶釵機警，叫了一聲：「顰兒，我看你往哪裡藏！」把偷聽之事嫁禍給黛玉，自己脱身走了。小紅、墜兒嚇壞了，這樣的事傳出去，在這樣森嚴的禮教之家，兩個丫頭的下場都不堪設想。小紅緊張，墜兒說了一句絕望的話：「便是聽了，管誰筋疼，各人幹各人的就完了。」

墜兒是因此走上絕望之路嗎？她的第二個故事，就是大膽偷竊了平兒的蝦鬚鐲，事情爆發，被逐出了賈府。

第四十九回結尾，下雪天，一大夥人在雪地烤肉吃，平兒幫忙，洗手的時候把蝦鬚鐲褪下，想起來時卻不見了。鳳姐不讓聲張，暗地查訪，查出是小墜兒偷了。平兒顧念墜兒是寶玉房裡的丫頭，怕寶玉臉上掛不住，也不願張揚，就說雪融在草叢裡找到了。事情被晴雯知道，晴雯忍不住，就在病中痛責了小墜兒，命人將她攆出去。

這是第五十二回的精采片段，晴雯用「一丈青」簪子戳墜兒的手，罵說：「要這爪子做什麼？拈不得針，拿不動線，只會偷嘴吃！眼皮子又淺，打嘴現世的，不如戳爛了！」

晴雯是「爆炭」的脾氣，墜兒被戳，疼得亂哭亂喊。看到這一段，許多人會同情墜兒，一個被壓在最底層的小奴婢，生活裡沒有任何希望，她看到一支其實值不了多少錢的細細蝦鬚鐲，就動了偷竊之心，結果被侮辱，被趕出去，毀掉自己做奴婢的工作。

有人為墜兒不平，覺得同樣是奴婢，晴雯的嚴厲像是有點狠毒。但是作者寫得真好，晴雯的語言是可以反覆細讀的。這個「心比天高，身為下賤」的丫頭，她戳小墜兒，她罵小墜兒，彷彿是痛恨心裡那個不要強、不爭氣的自己，晴雯是努力把針線工做到最好的。

第五十二回接下來，就是她重病之下拚了命的「補裘」，她要強、潔癖，雖然是丫頭，但心高氣傲，不要讓別人瞧不起。她責罰小墜兒，不是「欺負」，不是「壓迫」，或許更應當看作她對自身命運的絕望與無奈吧。「眼皮子淺」、「打嘴現世」，晴雯的語言正是透露了她「心比天高」的個性。

十七

金寡婦

金寡婦讓兒子知道眼前生活的現實，家裡根本供不起他讀書。
捨不得放下《紅樓夢》，常常是因為許多像金寡婦這樣
在生活裡卑微求存的生命嗎？被侮辱，被損害，依然這樣清明，努力活著，
他們比我們更知道什麼是真正的謙卑吧。

《微塵眾》第一集寫過一個小人物金榮，重新翻閱，覺得也應該提一提金榮的母親——金寡婦。

金榮出現在第九回。第九回寫賈家的私人貴族學校的學生鬧事，這一回熱鬧有趣，很值得細讀，每次讀，也都會想到台灣今日的教育。有時甚至覺得教育部課綱微調，可以考慮在中學選讀《紅樓夢》第九回，相信許多學生一定很有感覺。

第九回原來是說賈寶玉這少爺看上了秦可卿的弟弟秦鐘，秦鐘清秀漂亮，寶玉本來對讀書一點興趣也沒有，因為想跟秦鐘在一起，就假借讀書，兩個人一同上學。

這學校是賈府私人的貴族學校，由族中做官的人提供費用，讓家中子弟上學。也聘請了族中輩分高的賈代儒擔任教席。

賈代儒是一輩子讀書讀到有點迂腐的老冬烘，也有點像我們學校裡長久把教職當混飯工具的老師吧。賈代儒一輩子沒考取功名，在賈家世代做大官的公爵府中，有點抬不起頭。這個寒酸、不得志、沒有自信的酸文人，對教學也沒有熱情，教書也不認真。第九回說，他留了一個「七言對聯」給學生，自己就走了。我想起中學時也常有老師留下作文題目，比如「舉直錯諸枉能使枉者直說」，然後人就走了。

賈代儒走了，把教室的管理交給自己的孫子賈瑞負責。賈瑞二十歲上下，父母早死，跟著嚴厲不快樂的祖父生活，也很難把教學做好。

這個貴族學校，有賈寶玉這樣富貴嬌寵的少爺，也有秦鐘這樣小門小戶出身的窮親戚，連入學孝敬賈代儒的束脩二十四兩銀子也拿得艱難。

學校裡有像薛蟠這樣家財萬貫、出手闊綽的花花大少，不識幾個字，上學只是幌子，為的是追逐長得漂亮的學弟。薛蟠玩情色不輸今天的富二代、官二代闊少，他不但男女通吃，在學校裡也大把銀子包養學弟。金榮就是薛蟠包養的男孩之一。

金榮是單親母親胡氏帶大的，父親早死，有一個妹妹嫁給賈璜，人稱璜大奶奶，也就是金榮的姑媽。賈璜夫婦也是賈府的窮親戚，守著小產業過日子。但是璜大奶奶很會巴結，常在掌權的王熙鳳跟前趨奉，得一點好處。也因為這個姑媽的關係，金榮才能進賈府的貴族學校讀書。

金榮大概長得還算俊美，薛蟠就包養了兩年。金榮母親金寡婦很開心，她跟金榮說，進了貴族學校，不但有書讀，學校還負責茶飯，對一個單親媽媽來說，確實減了不少負擔。

第九回寫著寫著，就透露了這所貴族學校裡學生間的性遊戲、霸淩、包養、賄賂，與今日學校傳出的新聞十分相似。這是為什麼我還是覺得課綱小組可以考慮讓中學生選讀這一回。

第九回寫秦鐘上了學，他對讀書沒興趣，老師走了，留下的七言對聯大概也無趣，秦鐘就看上了長相可愛的小學弟「香憐」。「香憐」是同學取的外號，還有一個叫做「玉愛」。這兩個小學弟新近都被薛蟠包養了，金榮因此有點失落，心裡當然不舒服，也對「香憐」、「玉愛」有忌妒，伺機報復。

秦鐘、香憐彼此有意了，假裝上廁所，跑出來講親密話，金榮就跟在後面聲張，說拿住秦鐘、香憐二人在後院「親嘴」、「摸屁股」。第九回最好看的，就是後來因秦鐘、金榮吵架，整個教室大打出手。賈瑞這個「助教」，平日就接受薛蟠賄賂，無法公正處理糾紛，寶玉的書僮茗煙原來在窗外，也唯恐天下不亂，跑進來攪和。

都是十五歲上下的青少年，打鬧起來，沒有人是有禮貌教養的，連一向溫柔包容的賈寶玉也說了難聽的話：「我必回明白眾人，攆了金榮去！」又問：「金榮是哪一房的親戚？」

茗煙嘴巴也壞，大庭廣眾下就語言霸凌金榮，嘲笑他的單親家庭，嘲笑他背後仗勢作威作福的姑媽璜大奶奶，加油添醬地侮辱金榮：「你那姑媽只會打旋磨子，給我們璉二奶奶跪著借當頭……」

第九回裡，有教室中的集體性遊戲、集體暴力霸淩，而成人社會權力與金錢的習慣，已經明顯是這些青少年模仿的對象。這些三百年前青少年學校的故事，和今天其實並沒有太大差別。

金榮後來在眾人壓迫之下向秦鐘道歉了，先是作了揖，寶玉還不答應，一定要金榮磕頭賠罪。金榮畢竟沒有強勢靠山，也只有屈辱認了。

金榮受了氣，小孩子家，回到家當然跟母親嘟囔。這時看到這單親媽媽金寡婦的委屈了，她委婉向金榮分析，家裡根本供不起他讀書，幸好姑媽求王熙鳳，才得以入學。「茶也是現成的，飯也是現成的」，這金寡婦讓兒子知道眼前生活的現實，又提醒兒子「你又愛穿件鮮明衣服」。

金榮愛耍酷，愛名牌，一定要弄個「麥可喬丹」的鞋穿穿，大概也可以理解。但金寡婦提醒兒子，若不是省下學用，這些花費家裡都不可能負擔。

金寡婦直說了：「再者，不是因你在那裡念書，你就認得什麼薛大爺了？」顯然，兒子跟薛蟠要好的事，這單親媽媽也一清二楚。她計算得很精細，說：「那薛大爺一年不給不給，這二年也幫了咱們有七、八十兩銀子。」

談到現實處，金寡婦很篤定地教訓兒子：「你如今要鬧出了這個學房，再要找這麼個地方，我告訴你說罷，比登天還難呢！」

分析完畢，這個在現實生活裡艱難熬過來的單親媽媽，明明白白給兒子下了結論說：「你給我老老實實的……」她當然還是疼兒子，最後一句話還是有母親的溫暖：「玩一會子睡你的覺去，好多著呢。」

捨不得放下《紅樓夢》，常常是因為許多像金寡婦這樣在生活裡卑微求存的生命嗎？被侮辱，被損害，依然這樣清明，努力活著，他們比我們更知道什麼是真正的謙卑吧。

十八

金文翔夫婦

也許因為同情鴛鴦，看到金文翔夫婦的功利現實會極其厭惡，
看到鴛鴦罵嫂嫂一段，也覺得大快人心吧。
然而，《紅樓夢》的動人不在於誰對誰錯，如果鴛鴦是令人哀惋的悲劇生命，
同樣是「家生子」的金文翔夫婦，不也是應該哀惋的悲劇生命嗎？

《紅樓夢》第四十六回有兩個小人物——金文翔和他的老婆。這兩個人物，讀過常常就忘了，不容易記得他們做了什麼事。

第四十六回，講賈母的大兒子賈赦，看上了自己母親身邊最得力的丫頭鴛鴦，想討來做妾。跟老媽要貼身女傭做小老婆，搞小三搞到母親身邊的人，有點不堪。賈赦自己不好意思出面，就要老婆邢夫人去說這件事。

邢夫人是個性小氣、懦弱、糊塗又沒有主見的女人，她的丈夫賈赦好色出了名，做老婆的從不說一句話，甚至幫著找小老婆，滿足丈夫色慾。邢夫人一味奉承滿足丈夫的做法，好像有點怪異，但一個女人用此方法鞏固自己大老婆的位置，似乎也不難理解。

邢夫人懦弱，自己也不敢出面，就先向兒媳婦王熙鳳打探。王熙鳳聰明，知道這是要碰一鼻子灰的事，就試圖勸阻，向邢夫人轉述了賈母對兒子賈赦的批評。賈母看著自己兒子日日納妾，說過很難聽的話：「如今上了年紀，做什麼左一個小老婆，右一個小老婆放在屋裡，沒的耽誤了人家。放著身子不保養，官兒也不好生做去，成日家和小老婆喝酒。」

王熙鳳先用賈母的話勸阻一回，糊塗的邢夫人還是執迷不悟，她就想辦法脱身，讓邢夫人自己去賈母處碰釘子。

賈赦要娶鴛鴦做小老婆的事傳開，連一向不怎麼背後說人壞話的襲人，也忍不住說了：「論理不該我們說，這個大老爺，真真太好色了，略平頭整臉的，他就不能放手了。」

好色是奇特的慾望，其實有時候跟對方長得如何不完全有關係。新聞上讀到某某迷戀某人，多以為必然是帥哥美女，有時畫面出現，也會一陣錯愕失望。襲人的形容有趣，「略平頭整臉的」，意思是說，賈赦好色，身邊頭臉齊全的丫頭都不放過（沒頭沒臉的倒逃過了）。一個貴族做官的大老爺不自尊重，被底下丫頭襲人這樣批評。

鴛鴦被這事騷擾，心情鬱悶，躲在花園散心。遇到平兒、襲人，都是從小賣出來做丫頭的，談起相識的十幾個丫頭的命運，就都有感傷。

鴛鴦很篤定，她不會接受這種親事，她跟平兒說：「別說大老爺要我做小老婆，就是太太這會子死了，他三媒六聘的娶我去做大老婆，我也不能去。」

《紅樓夢》這些窮苦人家出身、賣出來做丫頭的少女，多有非凡志氣，不只晴雯「心比天高，身為下賤」，鴛鴦此時的決絕，也讓人肅然起敬。

但是這些被賣身的丫頭，世代在貴族官家做奴僕，有一點命運自主的可能嗎？

像鴛鴦，她的父母就是奴僕，留在南邊為賈府看房子。她的哥哥金文翔也在賈府打雜，做買辦；她的嫂嫂就在賈母身邊負責漿洗衣服、燙衣服，是個洗衣女工。鴛鴦一家人都是賈府叫做「家生子」的世代奴僕，生下來就注定了奴隸的身分，沒有任何改變的可能。

因此，邢夫人要鴛鴦嫁給自己丈夫賈赦時說：「放著主子奶奶不做，倒願意做丫頭？」從世俗勢利的考量來看，沒有人會覺得鴛鴦應該拒絕這樣的好事。

當然，鴛鴦的親哥哥、親嫂嫂聽到這消息，都喜出望外，覺得世代奴僕的身分因此得到莫大的榮寵，不只鴛鴦一人從此飛黃騰達，連做哥哥、嫂嫂的也與有榮焉，一人得道，雞犬升天。

邢夫人果然錯看了鴛鴦，這個長得漂亮，有才幹，認真負責，公正又正義的少女，即使淪落為丫頭，即使生來是「家生子」任人擺布的命運，卻還有活著的最後一點人的尊嚴，她拒絕這樣的侮辱。

邢夫人動用到金文翔夫婦，金文翔的太太急著趕快跑到花園找鴛鴦，當喜事通報，卻遭鴛鴦一陣大罵。鴛鴦很少說這麼強烈的髒話，嫂嫂一開口就被鴛鴦劈頭擋回去：「你快夾著屄嘴離了這裡，好多著呢！」
鴛鴦罵的話裡，透露了那個年代窮苦貧賤奴僕多麼盼望命運的改變，而改變的機會，大概也唯有依靠著家裡尚有一點姿色的女兒被老爺納為妾。鴛鴦罵嫂嫂「成日家羨慕人家女兒做了小老婆」，其實大概不只是金文翔夫婦如此，也是壓在社會底層許多做奴隸的人共同的夢想吧。
鴛鴦搶白嫂嫂，罵她看別人做小老婆，「看的眼熱了，也把我送在火坑裡去。」鴛鴦如此明白，被老爺賈赦納為妾是「火坑」。
但是第四十六回看下去，可能會無奈地知道：鴛鴦接受是一個「火坑」，不接受也一樣是「火坑」。
賈赦這大老爺要一個丫頭要不到手，命令兒子賈璉把鴛鴦的父母金彩夫婦從南邊叫來，要讓兩老作主，強迫鴛鴦做妾。他也嚴厲地要金文翔轉話，要鴛鴦覺悟，「除非她死了」或「終身不嫁男人」，否則「也難出我的手心」。
這是大老爺惡毒的話，惡毒，而且粗鄙。
但是細想一想，賈赦的話是對的，鴛鴦只有兩個選擇，一個是自殺，一個是終身不嫁人。果然鴛鴦當著賈母的面，用剪刀鉸頭髮，誓言寧死不屈，要一輩子服侍賈母；賈母死了，或出家做尼姑，或自盡，終身不嫁。

金文翔夫婦的夢想落了一場空。也許因為同情鴛鴦，看到金文翔夫婦的功利現實會極其厭惡，看到鴛鴦罵嫂嫂一段，也覺得大快人心吧。

然而，《紅樓夢》的動人不在於誰對誰錯，一本書如此包容，悲憫每一個微塵眾生。如果鴛鴦是令人哀惋的悲劇生命，同樣是「家生子」的哥哥金文翔和嫂嫂，不也是應該哀惋的悲劇生命嗎？

十九

趙嬤嬤

「接駕四次」，這是趙嬤嬤引起的家族榮耀回憶，這些回憶
適當地讓年輕的王熙鳳感覺到驕傲得意。
趙嬤嬤是單純的人，沒有用心機，但她直白真實的敘述，
已經打動了王熙鳳的心，她為兒子謀工作的請求也一定會成功了。

《紅樓夢》裡有幾個管家，像賴大、林之孝、周瑞、吳新登，也有幾個身分重要的老僕人或老奶媽，像寶玉的奶媽李奶奶，賈璉的奶媽趙嬤嬤，以及賈母的老僕人賴嬤嬤。

老僕人養在榮國府、寧國府，年紀大了，不幹活，有點像退休的員工。可是今天一間企業或機關的退休員工，雖然領養老金、退休金，或許還有十八趴利息，但這些老員工通常不會三不五時跑回原來的機構串門子，甚至指著人罵，發表一點對機構或時局的不滿。

《紅樓夢》賈府的老員工很受尊重，像李奶奶，年輕時餵過寶玉吃奶，所以身分特殊，僕以主貴。十幾年過去了，如今雖然沒奶可餵，她還是經常沒事就跑到怡紅院來，提醒大家她曾經餵過寶玉奶，是有功勞的。她不時跑來，東翻西翻，東看西看，發表一下看法，或喝喝楓露茶，吃吃奶酪，發發飆，罵一罵小丫頭。

《微塵眾》第一集寫過她，年紀大了，不甘寂寞，不時罵罵人，好像藉此還能證明自己的存在，沒有被人遺忘。我其實很同情李奶奶，今天台灣也不乏這樣的人，無論政客或文人，一不甘寂寞，就容易像李奶奶，嘮嘮叨叨，什麼事都有意見。大家慢慢看慣了，心裡都厭煩她，覺得可憐，但也不好說。

寶玉也為這個李奶奶發過脾氣，摔過碗，但襲人勸他息事寧人。襲人婉轉，她大概覺得：一個社會總有老朽，不耐寂寞，有時也只好一笑置之。

除了常鬧事、惹人厭的李奶奶之外，大致這些退休的老奶媽也都還算安分守己。像賈璉的奶媽趙嬤嬤，她不常出現，只有一次來找王熙鳳，為兩個兒子求個差事。

我很喜歡這位老太太，有點憨，不常來打擾年輕人，就在第十六回裡露過一次面，說了一些往事，也都還得體。

第十六回，賈府確定要迎接皇妃元春回家省親，這當然是大事，要蓋省親別墅，要下江南採買十二個女孩兒組成戲班，要找十二個小道姑、十二個小尼姑，要大興土木，動很多工程。每一項工程也跟今天公部門一樣，都有油水。趙嬤嬤有兩個兒子，大概都賦閒在家，她老人家就藉此機會跑來找王熙鳳，希望替兩個兒子謀一份差事，有一點收入。

王熙鳳和賈璉都很尊敬趙嬤嬤，一看趙嬤嬤來，都忙讓座，請趙嬤嬤上炕吃飯。這老嬤嬤很知分寸，覺得自己雖然老了，還是僕人，因此「執意不肯」。謙讓一回，平兒就端了一小腳踏，讓趙嬤嬤坐，又端一小几，放她面前。賈璉揀選兩盤菜餚放几上，讓趙媽媽吃。鳳姐細心，看那兩樣菜都是老人家吃不動的，就說：「媽媽很嚼不動那個，倒沒的矼了她的牙。」就命人把早上燉的火腿肘子熱了拿來，一面又招待趙嬤嬤喝惠泉酒。

趙嬤嬤一面吃飯，一面直接了當，說明前來目的，請求王熙鳳給兩個兒子安插個工作，有點收入。趙嬤嬤也藉機會向王熙鳳抱怨，說這事拜託賈璉很久了，也沒結果。她嘲弄賈璉滿口答應，「到如今還是燥屎」。「燥屎」兩字有趣，大概是乾憋著，屎拉不出來，沒有下文。

趙嬤嬤說：「這如今又從天上跑出這樣一件大喜事來，哪裡用不著人？」她說的就是元春回家省親這件事，因此跟王熙鳳說：「來和奶奶說是正經，靠著我們爺，只怕我還餓死了呢。」

趙嬤嬤年紀大，曾經經歷過賈府「當年太祖皇帝仿舜巡的故事」。這一段話常被好考古的評論者引用，用來比證《紅樓夢》作者在江寧織造任內，四次接駕康熙帝的歷史。王熙鳳羨慕地說：「我偏沒造化趕上。」

趙嬤嬤小時經歷過，因此做了長篇敘述：「噯喲喲，那可是千載希逢的！那時候我才記事兒，咱們賈府正在姑蘇、揚州一帶監造海舫，修理海塘，只預備接駕一次，把銀子都花的淌海水似的！」

王熙鳳也聽家中長輩說過：「我們王府也預備過一次。那時我爺爺單管各國進貢朝賀的事，凡有的外國人來，都是我們家養活。粵、閩、滇、浙所有的洋船貨物都是我們家的。」

趙嬤嬤也談起江南甄家：「噯喲喲，好勢派！獨他家接駕四次，若不是我們親眼看見，告訴誰誰也不信的。別講銀子成了土泥，憑是世上所有的，沒有不是堆山塞海的，『罪過可惜』四個字竟顧不得了。」

「接駕四次」，這是趙嬤嬤引起的家族榮耀回憶，這些回憶適當地讓年輕的王熙鳳感覺到驕傲得意。趙嬤嬤是單純的人，沒有用心機，但她直白真實的敘述，已經打動了王熙鳳的心，她為兒子謀工作的請求也一定會成功了。

正說著往事，賈蓉、賈薔就來了。賈蓉十七、八歲，跟俊美的賈薔特別好。兩人親密，曾經有些緋聞吧，賈珍就命賈薔搬出去住。

賈蓉也是來為賈薔請託的，要求把下江南採買戲班的事交給賈薔辦。賈璉還有點猶豫，就問賈薔：「你能在這一行嗎？」賈蓉聽了，趕緊拉鳳姐衣襟，鳳姐會意，要賈璉就交給賈薔辦，事情就成功了。

鳳姐厲害，順水推舟，就跟賈薔說：「我有兩個在行妥當人，你就帶他們去辦，這個便宜了你呢。」這當然是人事關說，賈薔也聰明，立刻回答：「正要和嬸嬸討兩個人呢，這可巧了。」

好笑的是在旁邊的趙嬤嬤，聽呆了，還不知道這事跟她有關。鳳姐回頭問趙嬤嬤兩個兒子叫什麼名字，她才恍然大悟，趕緊回答說：「一個叫趙天樑，一個叫趙天棟。」

鳳姐精明俐落，她抓權，掌控賈璉；她也有魄力，辦事快，人事關說絕不拖拉敷衍。可以想像這一天趙嬤嬤多麼開心滿意，大概出了門，逢人就要誇讚鳳姐如何如何賢慧能幹了。

二十

賴嬤嬤

賈府的老僕人不只受尊敬，大概也有很好的奉養。賈母都清楚，
因此才會毫不客氣，要她們每人也出十二兩。
賈母這樣的管理者，公正、大方，就事論事，這是她管理的成功。
賴嬤嬤等人，不缺這一點錢，跟主人少奶奶一例看待，也有了面子，皆大歡喜。

賈府老僕人中，值得注意的另一個是賴嬤嬤。

她曾經是賈母年輕時的僕人，她的兒子賴大還在賈府做管家，是幾個最重要的管家之一。她的孫子賴尚榮，賴家的第三代，得到賈府恩賞，去除了「家生子」的契約，從賣身的奴才世家解脫出來，成為自由民身分。他讀書，考科舉，又得到賈家幫助捐了個官，外放做縣令，可以說是賈府奴隸身分中最有造化、最發達的一家。

賴嬤嬤身分特殊，地位尊貴。賈家傳統，年輕一代主人，對服侍過家中長輩的奴僕都要特別尊敬，即使受寵如賈寶玉，即使抓權如王熙鳳，一見到賴嬤嬤，都要十分禮讓。

《紅樓夢》第四十三回，就顯現過這賴嬤嬤的身分地位的不同一般人。

第四十三回賈母要給王熙鳳過生日，但她覺得往年個人送個人的禮太俗套，她是有創意的人，頭腦活潑，就說：「今兒我出個新法子……」

賈母的「新法子」，就是由家裡上上下下的人，包括主人僕人丫頭，大家分等次湊分子，給王熙鳳過生日。這一回的回目也就叫「攢金慶壽」。

賈母聰明幹練，她年輕時管理過這個人口繁盛如企業的家族，她選拔訓練的人，像賴嬤嬤，像鴛鴦、襲人、晴雯、紫鵑，以今天眼光來看，都還是一等一的人才。

比賈母晚一輩的，王夫人的管理就差了很多。王夫人沒有自信，對人防範，猜忌聰明能幹的人。她信任的人，最後常常因此非笨即壞，賈府的管理在她手中敗了一半。

孫子輩中，賈母看準王熙鳳是有能力的人，就把家族管理交到鳳姐手中。鳳姐能力好，但是有私心，看起來管理嚴格，有時卻過於自私苛刻，日久就失了人心，眾叛親離，也不是最好的管理方式。

賈母是退休董事長，她不管事，但是藉著給王熙鳳「攢金慶壽」，她還是在暗中替王熙鳳拉攏人心。賈母不只聰明，也有智慧，不藏私，也寬容。她在第四十三回的表現最讓我歎服，全力支持王熙鳳這個年輕經理人，擺明是為她成立「後援會」，但不落痕跡。事情都做到了，自己卻謙遜平和，比今天總統候選人敲鑼打鼓、如同分贓的「後援會」要高明太多。

賈母招集大夥兒，要「湊分子」，因此屋子裡擠滿了人。

賈母看到賴大母親等幾個老家人來了，立刻命人拿幾張小杌子（板凳），「給賴大母親等幾個高年有體面的嬤嬤坐了」。

作者特別指明，「賈府風俗，年高服侍過父母的家人，比年輕的主子還有體面。」當時年輕輩分低的主人像尤氏、王熙鳳，在婆婆面前都不能坐，只能站著。這裡透露了賈府的規矩，也顯現出賴嬤嬤幾個老僕人的身分。

板凳端來，賴嬤嬤等人也不會大剌剌一屁股就坐下去，她們也知道分寸，懂禮貌，先向幾個年輕少奶奶「告個罪」，才謙遜坐下。

《紅樓夢》裡許多人情世故，都是學習領悟吧。

人到齊了，賈母說明要大家湊分子給王熙鳳過生日，犒賞她管家辛勞。湊分子是按輩分，賈母從自己開始，先認捐了二十兩。接著，薛姨媽也說認二十兩。邢夫人、王夫人是兒媳婦，矮一等，就每人各出十六兩。接著尤氏、李紈，孫媳婦一輩的，也各認十二兩。

賈母心疼李紈年輕守寡，特別說李紈的十二兩由她來負責。王熙鳳趕緊說生日叨擾大家，李紈這一份還是由她來出，做了一個漂亮的人情。

《紅樓夢》看起來寫生活小事，卻處處都是做人處世的機關。好的文學不口口聲聲勵志，卻往往比勵志的書更能發人深省。

講完尤氏、李紈，這時，賴嬤嬤就代表幾個老僕人站起來發言：「我們自然也該矮一等了。」這是謙遜自己是僕人，身分上不能與主人比肩。

沒想到，賴嬤嬤話沒說完，就被賈母擋回去說：「這使不得，你們雖該矮一等，我知道你們這幾個都是財主……」賈母直接了當，又加了一句：「分位雖低，錢卻比她們多。」

賈母這句話點明了，賈府的老僕人不只受尊敬，大概也有很好的奉養。用今天的話來說，也就是有豐厚的退休金，說不定還有十八趴利息之類。這些退休老嬷嬷個個資財雄厚，賈母都清楚，因此才會毫不客氣，要她們每人也出十二兩。

賈母這樣的管理者，公正、大方，就事論事，這是她管理的成功。賴嬷嬷等人，不缺這一點錢，跟主人少奶奶一例看待，也有了面子，皆大歡喜。

這是賈母處理事情的高明處。王夫人和王熙鳳都遠不及她，沒有賈母的智慧通達，管理上或防範，或藏私，或苛薄，都不大器，也因此導致了家族敗落。

《紅樓夢》書中隱藏著許多管理的智慧，賈母是最值得推崇的一位，懂得用人才，懂得賞識人才，懂得在必要的時候放手，懂得給別人肯定。在今天，有這些優點，相信她也可以是一家企業蒸蒸日上的好領導者。

賈母事實上是一個大家族企業的創業董事長，她一手創造了家族繁榮，她也一眼看出兒媳婦王夫人器量小，愚懦怕事，不能擔當重任。賈母看中孫媳婦王熙鳳的才幹，但也知道她精明有餘，寬容不足，因此替她「攢金慶壽」，看起來只是過生日玩樂，卻似乎是賈母處心積慮為王熙鳳的管理拉攏人心吧。

這一天湊分子，連襲人、彩霞、紫鵑所有丫頭都出了錢，最後總共湊及一百五十兩銀子，夠一天的戲酒。

四十三回裡表現得最有面子的是賴嬤嬤，她知道賈母是抬舉她，她雖然退休了，她的兒子賴大還在做管家，手中握有實權，她的孫子不久就要外放做官，為此，賴嬤嬤在接下來幾回還有重要的情節故事。

賈母看重賴嬤嬤，或許也是她有遠見，她看得到賈府與賴家此後相互依賴的關係吧。

二十一

賴嬤嬤關說

這老太太看來謙遜、卑微，卻智慧圓融，讓紛爭化解於無形。
或許賴嬤嬤是串通好周瑞家的來關說的，但她不著痕跡，好像只是隨興想起。
她輕描淡寫，卻一語中的，讓王熙鳳有多一層思考，
也解決了幾個人（包括她自己兒媳婦賴大家的）的為難。

賴嬤嬤在第四十三回裡露了臉，顯示了她做為老家人備受尊敬的身分。然而要到第四十五回，發生一件小事，才真正看到賴嬤嬤在賈府的重要性。

第四十五回，賴嬤嬤為了孫子外放做官，喜事臨門，要擺三天的酒席，請賈府眾人去看戲喝酒。她的孫子就是賴尚榮。

她先請了賈母，又來找王熙鳳。王熙鳳正在跟李紈等人說話，看到一個小丫頭扶著賴嬤嬤進來，鳳姐等人連忙站起來，笑著說：「大娘坐。」

鳳姐已經知道賴嬤嬤的孫子賴尚榮要外放做官的消息，因此先向賴嬤嬤道喜。賴嬤嬤心裡高興，但還是規矩謙遜，只肯挨邊坐在炕沿上。鳳姐跟她道喜後，她回答得極好：「我也喜，主子們也喜。」

賴嬤嬤當然為孫子賴尚榮外放做官高興，但在賈府眾人面前，她謹守老僕人的謙卑，不能有一點張揚。她說的話值得細細斟酌，賴嬤嬤跟鳳姐說：「若不是主子們的恩典，我們這喜從何來？」

賴嬤嬤說的是實話，她很清楚賴尚榮能做官，全靠賈府幫襯。賈母看重服侍她一輩子的老僕人，把管家重任交給她兒子賴大，又蠲免了她孫子賴尚榮「家生子」的奴隸契約。賈府對下人寬厚，當然也是貴族世家的慣例，多安排培養自己的人，在官場上可以有個照應。

賴嬤嬤也一定清楚，賴尚榮做官，靠的全是賈家的力量。讀者繼續聽她下面的話，就會了解這老太太頭腦一點不含糊。

賴尚榮做官，賈府也有賀禮，賴嬤嬤一一謝過，特別說了一句：「我孫子在門上朝上磕了頭了。」

這是謙卑至極的話，做了官，還是要跟主人磕頭，不敢有一點大意，處處表現出都是主人恩典的感謝。

李紈在一旁問說：「多早晚上任去？」我真喜歡賴嬤嬤下面的回答，她說：「我哪裡管他們，由他們去罷！」

一個賣身契的奴僕出身，講話極有分寸，她如此受尊敬，但年紀大了，不該管的事絕不多嘴。一個祖母，孫子去做官，她表現得如此不關她的事。這當然是智慧，也是賴家三代受照顧的主要原因。台灣社會許多不甘寂寞的老人，都該有賴嬤嬤這樣的清明。

賴嬤嬤真不管事嗎？她不關心孫子賴尚榮嗎？她不在意自己孫子如何做官嗎？看看下面她轉述自己教訓孫子這一段話：

「……前兒（賴尚榮）在家裡給我磕頭，我沒好話，我說：『哥哥兒，你別說你是官兒了，橫行霸道的！你今年活了三十歲，雖然是人家的奴才，一落娘胎胞，主子恩典，放你出來，上托著主子的洪福，下托著你老子娘，也是公子哥兒似的讀書認字，也是丫頭、老婆、奶子捧鳳凰似的，長了這麼大。你哪裡知道那「奴才」兩字是怎麼寫的！只知道享福，也不知道你爺爺和你老子受的那苦惱，熬了兩三輩子，好容易掙出你這麼個東西來。……』」

讀這一段，總覺得有種辛酸。「你哪裡知道那『奴才』兩字是怎麼寫的」、「熬了兩三輩子」，賴嬤嬤是如此從一個世代奴隸的身分裡，讓自己的孫子有了不同的人生。

三代的奴隸，要遇到寬宏的主人才可能擺脱「家生子」的賣身契約。我常常在這裡想，賴嬤嬤是一生服侍賈母的僕人，她老年的受尊敬照顧，孫子的外放做官，都似乎有著賈母的庇蔭，也有著賈母的打算吧。

賴尚榮從小除去「奴才」身分，讀書認字，也有丫頭、奶媽照顧。二十歲，賈府又替他花錢捐了官。到三十歲，終於選上外放做州縣的官。

賴嬤嬤時時刻刻不忘提醒孫子：「你一個奴才秧子，仔細折了福！」生命得意忘形之時，或許要有賴嬤嬤的謹慎吧。她跟孫子說「奴才秧子」，正是提醒孫子謹慎，不要忘了出身。

那時代沒有馬克思，「奴才秧子」也還沒想到「革命」。

第四十五回結尾有一個小小尾巴，更可見賴嬤嬤的聰明過人。

請客的事交代完，賴嬤嬤要走了，看見周瑞家的。她忽然想起來，就問鳳姐：「這周嫂子的兒子犯了什麼不是，攆了他不用？」

王熙鳳說，她生日那天，客人還沒開動，周瑞的兒子先喝醉酒，又罵人，撒了一院子饅頭。王熙鳳發火，要賴大家的把他革職攆出去。

周瑞家的跪下來求饒，王熙鳳當著周瑞家的罵他兒子：「這樣無法無天的忘八羔子，不攆了做什麼！」王熙鳳盛怒，當面撕破了臉，事情沒什麼轉圜餘地，周瑞家的跪著不敢說話，賴大家的也在一旁不敢搭腔，不知道應如何處理。

這時候賴嬤嬤說話了，她笑著說：「我當什麼事情，原來為這個。」

她先讓氣氛緩和了，接著勸王熙鳳：「奶奶聽我說：他有不是，打他罵他，使他改過，攆了去斷乎使不得。」這是明顯關說人事了，如果處理不得當，王熙鳳一翻臉，大家都下不了台。周瑞家的、賴大家的兩個重要管家，連同賴嬤嬤自己，都會難堪。

但這賴嬤嬤真了不起，她說了一個理由，為周瑞的兒子開脫。賴嬤嬤說：「他又比不得是咱們家的家生子兒，她現是太太的陪房。奶奶只顧攆了他，太太臉上不好看。」

她提醒王熙鳳，周瑞家的是王夫人的陪房丫頭，不像他們賴家，是賈府簽賣身契的「家生子」。攆了周瑞家的兒子，王夫人臉上不好看。

多看幾次這一段，我總覺得賴嬤嬤是串通好周瑞家的來關說的，但她不著痕跡，好像只是隨興想起。她輕描淡寫，卻一語中的，讓王熙鳳有多一層思考，也解決了幾個人（包括她自己兒媳婦賴大家的）的為難。

這老太太看來謙遜、卑微，卻智慧圓融，讓紛爭化解於無形，使人慨嘆，台灣目前似乎正少了這樣的人物。

二十二

賴尚榮

物以類聚，原作者寫賴尚榮與柳湘蓮的交好，
寫賴尚榮把柳湘蓮託給賈寶玉，寫柳湘蓮跟寶玉提及為秦鐘修墓的事。
作者寫這一群青年間超乎世俗的兄弟情誼，其實是襯托出了賴尚榮的品行。
原作者寫一個人物，通常不多幾筆，就刻畫出品格。

前面兩次講賴嬤嬤，看到她在上上下下、主人僕人多到數百人的賈府裡如何受到尊敬，老一輩的主人像賈母照顧她，讓她兒子做管家，給她好的退休生活。新一代的主人賈政幫助她孫子賴尚榮捐官，出任外地縣長職務。賴嬤嬤的受尊敬顯然得來不易，她總是謙卑退讓，自尊自愛，做事、講話也都有分寸，不惹是非，才使自己老來有受人尊敬的身分吧。

跟她相比，寶玉的奶媽李奶奶就差很多。人老了，不甘寂寞，時時要出來讓人知道自己還在，時時要提醒別人自己有多麼重要，曾經多麼重要。亂發言、亂罵人，招惹人厭，大家避之唯恐不及，背後恥笑，也失了退休老人應該有的尊貴身分。

賴嬤嬤平常不管事，不麻煩別人，陪賈母打打牌，說說笑話，每個人都尊敬她、喜歡她。在節骨眼上，她說一兩句話，關說一件事，也才真能夠把事情辦成。

我很羨慕賴尚榮，有這樣的祖母，從小應該學到不少做人處事的生活智慧。

第四十五回，賴嬤嬤請賈府的人吃飯喝酒，演三天的戲，好像為了孫子賴尚榮外放做官慶賀，但她口口聲聲，只說要答謝主子的恩典。孫子外放做官，一個世代奴隸的老太太，沒有樂昏了頭，依然頭腦清明，守住本分。

賴尚榮要出外做官了，這是多麼榮耀的事，但賴嬤嬤跟王熙鳳等人轉述如何告誡孫子的一段話，可圈可點。她跟孫子說：

「……州縣官兒雖小，事情卻大，為那一州的州官，就是那一方的父母。你不安分守己，盡忠報國，孝敬主子，只怕天也不容你。」

賴嬤嬤的話，雖然有點八股，聽來還是讓我動容。一個世代做奴才的老太太，對孫子「做官」有這樣的警惕——「只怕天也不容你」。我還是常常夢想，希望今天的父母，也能跟去做官的孩子、孫子叮嚀這樣的話。

賴嬤嬤的智慧圓融令人歎為觀止，她為賴尚榮做官請客，連擺三天的酒席，第一天就請賈母，賈母高興答應。這公爵府的老夫人，輩分如此尊貴，許多官場應酬她都推辭不去，但她知道，賴嬤嬤這面子一定要給。賴嬤嬤笑說：「我才去請老太太，老太太也說去，可算我這臉還好。」

賴嬤嬤為孫子賴尚榮做足了人情，一家一家親自跑腿去請，說話謙卑。有這樣的祖母，很讓人關心賴尚榮到底有沒有學到了什麼。

賴尚榮的角色歷來爭論也很大，因為他兩次重要的出現，一次在原作者寫的前八十回，一次在後來高鶚補寫的後四十回，兩個賴尚榮十分不同。因此對這個角色的真實面貌，也就引起很多不同的議論。

先看原作者寫的賴尚榮。第四十七回，寫賈母帶寶玉和幾位姐妹到了賴家，賴大家裡也有花園，「泉石林木，樓閣亭軒，也有好幾處驚人駭目的」。三代奴才，到賴尚榮一代，已經是頗有身分資財的小官僚了。男客裡有薛蟠、賈珍、賈璉、賈蓉。

值得注意的是，這一回客人中寫到柳湘蓮，他跟賴尚榮交情很好。柳湘蓮一向潔癖，自視甚高，不太和官場粗鄙的人來往。他和賴尚榮交情好，應該是一個指標，至少說明賴尚榮有柳湘蓮看得上的品格。

原作者還加重了柳、賴二人的關係，因為柳湘蓮俊美，又會串戲，薛蟠這花花大少就黏上了他，百般糾纏。柳湘蓮不屑薛蟠惡劣形狀，知道薛蟠是賈府親戚，不想惹麻煩，「意欲走開完事」。沒想到賴尚榮十分看重柳湘蓮，無論如何不讓柳湘蓮走，又特別搬出賈寶玉，說剛才人多，不好說話，寶玉特別囑咐，希望散的時候可以好好聚聚。賴尚榮後來果真找來了寶玉，讓他招呼柳湘蓮，自己才說要去招呼別的客人，不能相陪了。

這一天是為賴尚榮辦的酒席，多少重要的客人在場，賴尚榮丟下眾人不管，如此關心一個漂泊落魄的浪蕩子柳湘蓮。作者寫這一段不會沒有緣由，讀者也大略看出了賴尚榮的某些本性吧。

物以類聚，原作者寫賴尚榮，寫他與柳湘蓮的交好，寫賴尚榮把柳湘蓮託給賈寶玉，寫柳湘蓮跟寶玉提及為秦鐘修墓的事，因為雨水多，柳湘蓮惦記秦鐘的墓基是否被大水沖壞。秦鐘早逝，作者寫這一群青年間超乎世俗的兄弟情誼。第四十七回寫柳湘蓮，寫寶玉、秦鐘，其實是襯托出了賴尚榮的品行。

原作者寫一個人物，通常不多幾筆，就刻畫出品格。賴尚榮出場不多，在前八十回中，僅只第四十七回一次，已經明顯是與秦鐘、柳湘蓮同一品類的人物。

但是，到了後補的第一一八回，賴尚榮再次出現，嘴臉忽然變了，很讓熟悉前八十回的讀者感覺突兀。

第一一八回，小說已到結尾，賈府抄家敗落，賈母逝世。小說寫到「賈政扶了賈母靈柩一路南行，因遇著班師的兵將船隻過境，河道擁擠，不能速行」，賈政因為延誤行程，身上盤費不夠，只好寫一封信給賴尚榮，要借銀五百兩。

結果賴尚榮回信來，講了許多苦處，只封了五十兩銀子。賈政大怒，叫家人「立刻送還」、「原書發回」。賴尚榮接到退回的信和銀子，又添了一百，請求家人送去，送信人卻不肯受。

賈、賴兩家鬧翻了，賴尚榮趕緊寫信給父親賴大，要他設法告假贖身。賴大還在賈府管家，王夫人不准贖身。事情鬧大了，賴大就趕快告假，跑到賴尚榮的任上，要賴尚榮告病辭官，大概知道得罪了賈家，賴尚榮官也做不成了。

這一段被許多人引用，賴尚榮就變成一個既笨且壞、忘恩負義的小人了。看這一段，覺得小說寫得好不好是其次，書寫者心思鄙吝狹窄，筆下的人物就遠不如原作者那樣恢弘清潔了。

還是懷念賴尚榮在第四十七回裡溫暖的真性情。

二十三

薛寶釵

寶釵與黛玉，像無法分割的一體兩面；
黛玉孤傲，不沾惹塵俗，寶釵圓融，沒有人不喜歡她。
寶釵和黛玉是情敵嗎？黛玉心高氣傲，但在寶釵身上，她真心覺悟了自己的不足。
生命如何活，都是遺憾吧？我們在每一次選擇時都充滿遺憾。

薛寶釵是《紅樓夢》裡容易被誤解的一個角色。

許多人談起薛寶釵，時常露出鄙夷厭惡的表情。大概因為小說裡主要的兩個女性，林黛玉和薛寶釵，常常被當作情敵看待。如果是情敵，站在相對立的兩邊，從世俗觀點來看，最後寶釵嫁給寶玉，成功的是薛寶釵，失敗的是林黛玉，大眾很容易同情失敗者。林黛玉父母雙亡，身體孱弱，孤獨憂鬱，這樣聰慧又悲劇性格的少女，好像先天已經佔盡了便宜，即使在今天通俗的偶像劇裡，她大概也會是大眾同情憐愛的角色吧。

但是其實《紅樓夢》——至少前八十回的《紅樓夢》原作——不是通俗連續劇，也絲毫不賣弄廉價的偶像認同，因此很有必要在《微塵眾》快要結束的時候，談一談可能被廉價俗世觀點扭曲的角色——薛寶釵。

是的，微塵眾生，《紅樓夢》作者可能用這樣的觀點看待書中的每一個角色，沒有主角與配角的分別，沒有尊貴與卑賤的分別，沒有成功，也沒有失敗。

特別應該注意的是：薛寶釵在小說一開始第五回開宗明義的判詞裡，是和林黛玉合在一起的。十二金釵每一位女性都各自擁有一張畫、一首判詞，唯獨林黛玉和薛寶釵是兩個人共有一張畫、一首判詞。判詞內容是：

可嘆停機德，堪憐詠絮才。玉帶林中掛，金簪雪裡埋。

「停機德」是寶釵，「詠絮才」是黛玉。「玉帶林中掛」是林黛玉的諧音，「金簪雪裡埋」是薛寶釵的暗喻。

心思細密的作者，不會無緣無故把這兩個女性放在同一首判詞中。她們是共有同一個生命嗎？或者，對作者而言，面對這兩個女性，彷彿任何選擇都是遺憾？愛情，或者婚姻，無論如何逃不掉遺憾的結局嗎？

《紅樓夢》的作者或許嚮往一種絕對的自由，一種可能比多元成家更顛覆性的倫理自由。

一邊是林黛玉，一邊是薛寶釵，一邊是「停機德」，一邊是「詠絮才」，如果選擇必然是遺憾，那麼，可以沒有選擇嗎？在俗世的愛情之前，在俗世的倫常家庭之前，作者似乎觸碰到生命最孤獨的本質，他想指出一切俗世選擇的不自由性。

除了判詞以外，原著在太虛幻境唱的曲子，也再一次把林黛玉和薛寶釵放在一起：

〔終身誤〕都道是金玉良姻，俺只念木石前盟。空對著，山中高士晶瑩雪；終不忘，世外仙姝寂寞林。嘆人間，美中不足今方信。縱然是齊眉舉案，到底意難平！

「晶瑩雪」是薛寶釵，「寂寞林」是林黛玉。作者反覆對比牽連的隱喻，像一個排列組合的遊戲。或許人類的倫常社會都在玩這樣的排列組合，玩了數千年，樂此不疲，而《紅樓夢》的作者透徹看穿了這排列組合的荒謬與殘酷。

生命還有其他的可能嗎？像十九世紀的韓波（Arthur Rimbaud）動人的詩句：「La vie est d'ailleurs!（生活還有其他可能嗎？）」韓波震撼了歐洲的倫理，《紅樓夢》早了一百年，應該也震撼了東方的倫理。

可惜小說後段不見了，「佚失」，是遺失？還是查禁？《紅樓夢》觸碰的禁忌可能不只是政治禁忌，它在前八十回中，已經處處瓦解以儒家為主體的倫理桎梏，質疑父權、母權、君權，質疑性別、階級。在如此多樣的微塵眾生裡，作者一一還原生命回來做自己的本質意義。

《紅樓夢》是啟蒙運動的先驅，而那樣的思想在當時不見容於社會，硬生生被扼殺了。

《紅樓夢》十二首曲子中的一段，像是寫黛玉，也可能是寶釵，更可能是寫作者自己，生命本質的虛無性被揭開了。

〔枉凝眉〕一個是閬苑仙葩，一個是美玉無瑕。若說沒奇緣，今生偏又遇著他；若說有奇緣，如何心事終虛化？一個枉自嗟呀，一個空勞牽掛。一個是水中月，一個是鏡中花。想眼中能有多少淚珠兒，怎禁得秋流到冬、春流到夏！

會不會所有的悲劇最終都只是「枉自嗟呀」，都只是「空勞牽掛」？黛玉如此，寶釵如此，《紅樓夢》的作者本身更是如此。

薛寶釵在許多人口中傳述批評，被認為是一個早熟有心機的少女。她的脖子上掛著一個金鎖，是一個和尚給的，說是要跟有玉的人配。這是「金玉良緣」的來源，寶釵的「金鎖」尋找著「寶玉」。

然而，寶玉的真身不是玉，是一塊石頭，前世與草木結了緣，有前世盟約，使他無時無刻不「牽掛」著「木石同盟」。

所有的牽掛或許都只是「空勞牽掛」，金鎖如此，木石也一樣如此吧。

寶釵與黛玉，像無法分割的一體兩面；黛玉孤傲，不沾惹塵俗，寶釵圓融，沒有人不喜歡她。

寶釵和黛玉是情敵嗎？小說裡最讚賞寶釵的也是黛玉，黛玉心高氣傲，但在寶釵身上，她真心覺悟了自己的不足。

生命如何活，都是遺憾吧？我們在每一次選擇時都充滿遺憾。所以，《紅樓夢》裡黛玉和寶釵是真正的知己，她們都在對方身上看到了自己的不足。

前八十回，寶釵的心機只是透露她處世的謹慎小心，她不是鄙俗的小人。後四十回，寶釵使人覺得恐怖，彷彿設下了陷阱，讓情敵死亡。王熙鳳安排了掉包計，用薛寶釵替換林黛玉嫁給寶玉，寶釵知情，她接受了，這是薛寶釵形象改變的關鍵。但是，這一段情節不是《紅樓夢》的原作。薛寶釵是嫁給寶玉了，但是在什麼樣的狀態嫁給寶玉，我們已無從查考。

薛寶釵蒙受不白之冤，《紅樓夢》前八十回，寶釵不是這樣的個性。「山中高士晶瑩雪」，原作者筆下潔淨大器的人物，到了平庸的作者手中變得鄙俗了。

許多人認為後四十回的林黛玉沒有了靈氣，其實寶釵也變成庸俗的女人，與前八十回大大不同，應該一條一條對比原作者筆下薛寶釵本來的面貌。

二十四

薛寶釵真相㈠

我始終疑慮著，像張愛玲說的，後四十回中有「許多灰色地帶」。
在原作者的筆下，寶釵對自己跟寶玉的婚姻沒有野心，沒有慾望，
甚至有一點逃避，她很高興「寶玉被一個林黛玉纏綿住了」。
這一段是否可以看到寶釵的真相？

薛寶釵在《紅樓夢》後四十回裡參與了「掉包計」，偽裝成林黛玉與賈寶玉成婚。「薛寶釵出閨成大禮」的同時，恰好是「林黛玉焚稿斷痴情」的悲劇死亡。這一段情節可以說是後四十回最重要的高潮，幾乎所有改編的戲劇、電影、連續劇都緊抓著這一段情節，發展成感人熱淚的畫面。

這是補寫的《紅樓夢》「成功」的地方，但是我常常想，會不會恰好違反了《紅樓夢》前八十回原著的真正精神。

戲劇行銷必然需要聳動性，而這一段戲，從俗世的效果來說，絕對是成功的。然而也忽然讓人沉思，《石頭記》前八十回，沒有誇張聳動；前八十回裡，每一個人物，每一段故事，都含著作者如此深沉的悲憫。原作者會讓他念茲在茲的薛寶釵捲入「掉包計」的陷阱？會為了行銷策略的成功，讓薛寶釵成為眾人詬病的卑鄙小人嗎？

我始終疑慮著，像張愛玲說的，後四十回中有「許多灰色地帶」。

從看過全部原書的脂硯齋留下的批語中，許多人已經指出，薛寶釵嫁給賈寶玉，是在林黛玉病故亡身之後，也就是說，「掉包計」不是原作者的心思。原作者筆下的薛寶釵還是「山中高士晶瑩雪」，她與「世外仙姝寂寞林」的林黛玉都是作者筆下動人的生命形式。

後四十回補寫的「灰色地帶」，促使我一再回到前八十回，細看原作者書寫的精神品質。薛寶釵的真相，一定在前八十回中，不妨逐條細看一次。

先看第五回，薛寶釵剛到賈府，在原來相親相愛的黛玉和寶玉之間，作者如何介紹這新加入的「第三者」：

不想如今忽然來了一個薛寶釵，年歲雖大不多，然品格端方，容貌豐美，人多謂黛玉所不及。而且寶釵行為豁達，隨分從時，不比黛玉孤高自許，目無下塵，故比黛玉大得下人之心。便是那些小丫頭子們，亦多喜與寶釵去玩。因此黛玉心中便有些悒鬱不忿之意，寶釵卻渾然不覺。

原作者寫「寶釵卻渾然不覺」，可以細細玩味。

再看第八回，寶釵生病，寶玉去梨香院看她，作者白描寶釵，寫了一段極美的文字：

寶玉掀簾一邁步進去，先就看見薛寶釵坐在炕上做針線，頭上挽著漆黑油光的髻兒，蜜合色棉襖，玫瑰紫二色金銀鼠比肩褂，蔥黃綾棉裙，一色半新不舊，看去不覺奢華。唇不點而紅，眉不畫而翠，臉若銀盆，眼如水杏。罕言寡語，人謂藏愚；安分隨時，自云守拙。

這一段白描，前面是從寶玉眼中看到的寶釵，寫到後面明顯是作者的意見。

這些原作的條列引述，是否可以拼接起一個薛寶釵的真相？再看第二十二回：

賈母因問寶釵愛聽何戲，愛吃何物等語。寶釵深知賈母年老人，喜熱鬧戲文，愛吃甜爛之食，便總依賈母往日素喜者說了出來。賈母更加歡悅。

這一段常有人引用，認為寶釵才十五歲，卻很有心機，為了討好賈母，故意說「愛吃甜爛之食」。是的，寶釵不得罪人，「事不關己不開口」，賈母一大把年紀，寶釵一定要硬拗著說賈母不開心的話嗎？

我們當然喜歡黛玉的真性情，但是回到現實世界，我們一定要時時出言頂撞，讓別人不開心嗎？

《紅樓夢》原著的精采，也許恰好在多重的矛盾之中試圖讓讀者修行一種寬容；我們愛黛玉的真，會看不到寶釵的委婉嗎？

我也喜歡第二十七回裡撲蝴蝶的寶釵：

忽見前面一雙玉色蝴蝶，大如團扇，一上一下迎風翩躚，十分有趣。寶釵意欲撲了來玩耍，遂向袖中取出扇子來，向草地下來撲。只見那一雙蝴蝶忽起忽落，來來往往，穿花度柳，將欲過河去了。倒引得寶釵躡手躡腳的，一直跟到池中滴翠亭上，香汗淋漓，嬌喘細細，寶釵也無心撲了。

第二十七回可能最容易議論寶釵的心機，她一路撲蝴蝶，誤闖湖心亭，偷聽到亭子裡小紅丫頭的秘密，寶釵不願攪入是非，想了脫身之計，叫出林黛玉小名「顰兒」。

我寫過這一段，也懷疑寶釵即使在下意識中，也已經嫁禍給黛玉了。但作者寫得如此淡，如此不著痕跡，那心機若有若無。我剛說完寶釵有心機，還是會想，自己是否以小人之心度君子之腹了。

這是《紅樓夢》原著的動人處吧，做為讀者，總是在書寫裡看到自己人性的不足處，在漫漫長途的修行裡有了反省。

我還要引述第二十八回，元春從宮裡送來禮物，只有寶玉和寶釵是一樣的，好像暗喻這兩人是一對。我們看作者如何寫寶釵的反應：

薛寶釵因往日母親對王夫人等曾提過「金鎖是個和尚給的，等日後有玉的方可結為婚姻」等語，所以總遠著寶玉。昨兒見元春所賜的東西，獨她與寶玉一樣，心裡越發沒意思起來。幸虧寶玉被一個林黛玉纏綿住了，心心念念只記掛著林黛玉，並不理論這事。

這是前八十回原著裡重要的一段，在原作者的筆下，寶釵對自己跟寶玉的婚姻沒有野心，沒有慾望，甚至有一點逃避，她很高興「寶玉被一個林黛玉纏綿住了」。這一段是否可以看到寶釵的真相？

第三十回裡，寶玉拿寶釵比楊貴妃，寶釵發了脾氣。她的發怒還是讓人覺得是寶玉沒有分寸，而寶釵是不慣跟人胡鬧的，她的愛或恨都很淡。

第三十四回寶玉挨打，寶釵送藥來，有這樣一場戲：

「……別說老太太、太太心疼，就是我們看著，心裡也疼。」剛說了半句又忙咽住，自悔說的話急了，不覺的就紅了臉，低下頭來。

這或許是寶釵最透露愛意的一段，作者還是寫得雲淡風輕。

寶釵的真相已被扭曲，只能從原著中一條一條舉證，看能不能復原一些真相。

二十五

薛寶釵真相(二)

寶釵關心黛玉身體，從此就每天私下送燕窩到瀟湘館。

這是心機嗎？這是圓滑嗎？一定有人咬牙切齒說：「是。」

我喜歡黛玉那一天跟寶釵說的話：「你素日待人，固然是極好的，然我最是個多心的人，只當你心裡藏奸。」

我常看第四十回，賈母帶劉姥姥逛大觀園，逛到寶釵住的蘅蕪院，賈母好像第一次進寶釵的屋子，作者描述賈母看到的景象：

進了房屋，雪洞一般，一色玩器全無，案上只有一個土定瓶中供著數枝菊花，並兩部書，茶奩茶杯而已。床上只吊著青紗帳幔，衾褥也十分樸素。

賈母覺得青春少女不可以這樣素淨，命人拿些玩器擺飾，然而寶釵的媽媽薛姨媽說：「她在家裡也不大弄這些東西的。」寶釵身上看不到豪富皇商獨生女兒任何一點奢華的嬌寵。

多心的人會說寶釵住蘅蕪院，都是香草，是《楚辭》比喻小人的植物。我看前八十回，覺得原作者並沒有這樣明顯的褒貶。

大部分讀者都同情林黛玉，尤其是後四十回，薛寶釵落入「掉包計」，假扮黛玉去和寶玉結婚，這一場由補寫者創造的情節，使寶釵落入萬劫不能再復的陷阱，也變成一個假仁假義、虛偽又充滿心機的角色。

要公正認識寶釵這一人物，唯一的方法還是從前八十回原作者的文字中，一一條列出薛寶釵的原貌，還原她在原作者心中的真相。

薛寶釵是複雜的個性，她是有心機，深藏不露，不亂說話，不輕易得罪人。

寶釵做人圓滑？還是圓融？

說一個人「圓滑」，有負面的意思，太過鄉愿，討好人，滑頭，沒有原則，都可能是「圓滑」。但是，「圓滑」和「圓融」怎麼界分？說一個人「圓融」，有讚美的意思，性格寬闊大度，對人厚道，包容，不亂罵人，不隨意褒貶他人，不排擠他人，都是「圓融」。

薛寶釵是「圓滑」？還是「圓融」？

《紅樓夢》原作耐人尋味的地方正在於此，每個人物都好看，每個人物都一看再看，說不清楚是「圓滑」，還是「圓融」。因此可以一看再看，不只看書中的人物，最後一定迴向到自己身上——我，是「圓滑」？還是「圓融」？

不能迴向到自身做思考的小說，不會耐看。好的文學其實是人生的鏡子，讀者總是在裡面看到自己，不同年齡的自己，不同人生領悟的自己。我們在批評寶釵的時候，涉入了自己，大概就不會輕易褒貶她了。

很容易舉證出寶釵的「圓滑」，她討好賈母，說愛吃甜爛食物，愛看熱鬧戲文，這些都是「圓滑」，她虛偽，沒有說真話。但是我想，一個十五歲的女孩，呲牙裂嘴，搶著說自己愛吃牛排，愛啃雞翅，愛看好萊塢大悲劇，把一個沒牙怕孤單的老祖母冷在一邊，這個少女「不圓滑」，但是會讓人喜歡嗎？

我們自己受過教養，我們在一個老人家面前會像寶釵，還是會像雞翅妹？

批評寶釵太容易了，「圓滑」、「圓滑」，一路罵下來，或許會發現：現實華人生活裡絕大多數人都是寶釵，我們自己也並不例外。

我們恨寶釵「圓滑」、「虛偽」，是恨著自己一生不自覺的許多妥協嗎？

這是《紅樓夢》原作好看的地方，它總是讓我們思考起自己，領悟到人生艱難，而褒貶一個人可以如此輕率。

寶釵出生在四大家族的皇商家庭，應該是從小養尊處優的單純少女，應該有點被寵壞，然而寶釵完全沒有富二代千金小姐的習氣。寶釵父親早逝，留下許多產業，京城裡就有好幾家當舖還在營業。老主人去世了，這樣大的家族產業，由幾個看來忠心耿耿的老家人（如張德輝）維持著。薛家的興盛當然面臨著危機，尤其是這個家族唯一的獨子薛蟠，寶釵的哥哥，是典型吃喝玩樂、無法承擔家族責任的花花大少。這樣的處境下，家族的危機全部落在這個聰敏、精明、能幹而低調、有責任感的女兒身上。寶釵因此早熟，有她同年齡少女都沒有的練達圓融。和孤高傲氣任性的黛玉相比，跟天真爛漫率直的史湘雲相比，寶釵是太早熟了，她的早熟，其實有著獨自承擔著家族危機的委屈。

作者讓我們看黛玉，看湘雲，看寶釵，不同的生命，各自負擔不同的生命難度，像花圃裡不同品種的花，怎麼品評，也都是我們自己的主觀。作者婉轉，還是靜靜寫著生命的色彩、型態、氣味，沒有褒貶。

寶釵隨母親進京是要待選，準備成為進宮選妃的秀女，但是寶釵似乎沒有選上，一直留在姨媽家。寶釵何去何從？寶釵當然有她的矛盾。她身上有金鎖，預言要跟有玉的人成親。元春省親回家，見過寶釵，此後宮裡送出來的禮物，唯獨寶玉和寶釵是一樣的。

寶釵的命運也如此被限定了嗎？如果黛玉的悲劇是死亡，寶釵的悲劇是她逃不掉的婚姻嗎？

《紅樓夢》的領悟，或許是透徹知道生命各種悲劇的結局，命定的死亡和命定的婚姻，是不同形式的悲劇嗎？

第三十四回，寶玉被打，寶釵怨怪哥哥惹事生非。薛蟠是大老粗，講出刺激妹妹的話：「好妹妹，你不用和我鬧，我早知道你的心了。從先媽和我說，你這金要揀有玉的才可正配，你留了心，見寶玉有那勞什骨子，你自然如今行動護著他。」所以寶釵暗戀著寶玉嗎？大老粗哥哥說了真話，無意間透露了她不說的心事。

小說到第四十二回，寶釵聽到黛玉無意間透露出偷看禁書的話，私下勸諫，黛玉因此放下芥蒂，兩個人成為親密知己。

第四十五回，寶釵關心黛玉身體，跟黛玉建議：「每日早起拿上等燕窩一兩，冰糖五錢，用銀銚子熬出粥來……」但黛玉寄人籬下，不想再多事，寶釵從此就每天私下送燕窩到瀟湘館。

這是心機嗎？這是圓滑嗎？一定有人咬牙切齒說：「是。」

我喜歡黛玉那一天跟寶釵說的話：「你素日待人，固然是極好的，然我最是個多心的人，只當你心裡藏奸。」

二十六

乾隆甲戌
脂硯齋重評石頭記

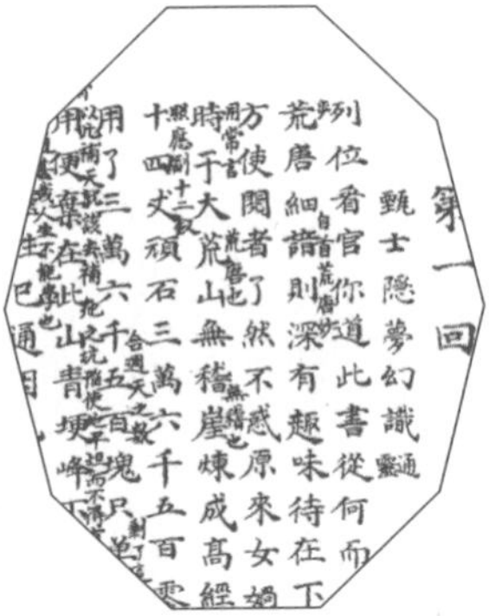

我很喜歡讀甲戌本《石頭記》，雖然只有十六回，

當然不是為了讀小說，而是感覺到在東方文學書寫裡一種特殊的

「手抄」、「批註」形式，形成很特殊的文體。

甲戌本的批註一定藏著耐人尋味的秘密。

胡適在一九二七年得到了乾隆甲戌《脂硯齋重評石頭記》這一部手抄本的前十六回，被認為是諸多《紅樓夢》版本裡年代最早的手抄本。這部珍貴的手抄本被胡適帶去美國，現藏康乃爾大學圖書館。

乾隆甲戌是乾隆十九年，西元一七五四年。

這部書在台灣和中國大陸都有影印本在書市流通，也是喜好《紅樓夢》的讀者大概都會收藏或閱讀的一個本子。

一般讀者讀的一百二十回本《紅樓夢》，現在被認為是在一七九一年由程偉元和高鶚依照原作前八十回續寫出版的，稱為程甲本。這部書出版後，似乎很快得到市場流通的成功，在第一版刊印七十天之後，程偉元、高鶚又修訂增加了兩萬多字，改編刊印了第二版的《紅樓夢》，被稱為程乙本。

程乙本比程甲本多出兩萬多個字，程偉元、高鶚也聯合署名，寫了一篇改版「緣由」，說是「因急欲公諸同好，故初印時不及細校，間有紕繆。」

這一段話可以說明一個現象，《紅樓夢》一百二十回本的出版的確是當時出版界一大盛事，一部小說受到如此重視，也一定有極大的市場商業利益，程偉元才會急著在七十天之間連續刊印了兩次《紅樓夢》吧。

程偉元在刊印第一次「程甲本」的序言中說：

《紅樓夢》小說本名《石頭記》，作者相傳不一，究未知出自何人，惟書內記雪芹曹先生刪改數過。好事者每傳抄一部，置廟市中，昂其值，得數十金，可謂不脛而走者矣。然原目一百廿卷，今所傳只八十卷，殊非全本。即間稱有全部者，及檢閱，仍只八十卷，讀者頗以為憾。不佞以是書既有百廿卷之目，豈無全璧？爰為竭力收羅，自藏書家甚至故紙堆中無不留心，數年以來，僅積有廿餘卷。一日偶於鼓擔上得十餘卷，遂重價購之，欣然繙閱，見其前後起伏，尚屬接筍，然漶漫不可收拾。乃同友人細加釐剔，截長補短，抄成全部，復為鐫板，以公同好，《紅樓夢》全書始自是告成矣。書成，因並志其緣起，以告海內君子。凡我同人，或亦先睹為快者歟？小泉程偉元識。

這篇程偉元出版《紅樓夢》一百二十回版的序，似乎隱瞞著找高鶚續寫小說的真相，也在很長時間被讀者誤以為一百二十回都是原作。

在程甲本的序言中，程偉元談到了他如何辛苦在舊書攤蒐集《石頭記》原著手抄殘稿的故事，他堅信這部書既然有一百二十回的目錄，內文不應該只是八十回，因此努力四處蒐集，最終把全部一百二十回找齊全了。

許多人認為程偉元在此處隱瞞了他和高鶚續寫的事實，偽造一百二十回本都是原作。程偉元，以今天的角度來看，其實是一位有絕佳書市敏感度的書商吧，也不愧為一位極有經營頭腦的聰明的出版家。他一定自己也愛看《石頭記》前八十回，也一定有跟高鶚一樣愛讀《石頭記》的一群同好文人，看到小說到八十回突然停住，沒有了下文，當然愕然，也都會有意願想動筆接著寫下去。

只是這意願可能變成了程偉元這精明出版商的點子，即時「創作」了後四十回，趕在熱潮上，刊印了一百二十回號稱「全本」的《紅樓夢》。以現代CEO的行銷角度衡量，應該算是世界出版史上重大的成功範例吧。

從一七五四年到一七九一年，在不到四十年間，從《石頭記》到《紅樓夢》，這一部小說本身也經歷了傳奇一般的故事。

常理來說，一般讀者閱讀小說，重視故事的完整性，對文學批評、考證、索隱，不會有很大的興趣。程偉元刊印的一百二十回版本，不只重視故事完整性，也很適應市場最大多數讀者的興趣，只看小說文本，因此刪去了《石頭記》八十回手抄本時代所有書中的「批註」。

我們現在讀小說，大多是沒有「批註」的。《石頭記》手抄本，如果以目前最早的一七五四年的甲戌本來看，書上密密麻麻都是紅筆或墨筆小字批註。批註有的夾在書文行間，稱為「夾批」；有的寫在上端空白的頁眉上，稱為「眉批」；也有在一回末尾做的「總評」。

手抄本不只有作者的原文，還夾雜著最初閱讀者、手抄者個人的意見、感慨。這些批註有不同署名，如脂硯齋、畸笏叟、棠村、杏齋等，被統稱為「脂硯齋」。甲戌本的十六回《石頭記》，就保留了原稿手抄夾著批註小字的原貌。

我很喜歡讀甲戌本《石頭記》，雖然只有十六回，當然不是為了讀小說，而是感覺到在東方文學書寫裡一種特殊的「手抄」、「批註」形式，形成很特殊的文體，或許是今天喜好創作的青年可以注意的。

甲戌本《石頭記》說到幾次書名的改變：從「情僧錄」到「吳玉峰題曰『紅樓夢』」、「東魯孔梅溪則題曰『風月寶鑑』」。最後，甲戌本《石頭記》第一回就在正文中寫到了「脂硯齋」，原文說：「至脂硯齋甲戌抄閱再評，仍用『石頭記』。」「脂硯齋」只是批註小說的人嗎？為何他（她）會在「抄」、「閱」過程中直接把自己的名字放進本文之中？為何他（她）似乎堅持用「石頭記」，而不用其他兩個書名？

這裡還有一段重要文字：

後因曹雪芹於悼紅軒中批閱十載，增刪五次，纂成目錄，分出章回，則題曰「金陵十二釵」，並題一絕云：滿紙荒唐言，一把辛酸淚！都云作者痴，誰解其中味？

這時又出現紅色小字眉批，彷彿提醒，也像是故意透露小說的「原作者」究竟是誰。看這一段脂批：

若云雪芹批閱增刪，然後開卷至此，這一篇楔子又係誰撰？足見作者之筆狡猾之甚，後文如此處者不少。這正是作者用畫家煙雲模糊處，觀者萬不可被作者瞞蔽了去，方是巨眼。

甲戌本的批註一定藏著耐人尋味的秘密。

二十七

紅樓夢的書名

太有趣了，一部書，作者和眉批者，作者和刪改者、抄錄者，撲朔迷離，
像是同一個人，又不像是同一個人。讀《紅樓夢》像在
與作者的「狡猾」捉迷藏，始終找不到他，但彷彿又處處是他的蹤跡。
曹雪芹與脂硯齋，有可能是一起玩這「狡猾」遊戲的兩個人嗎？

乾隆甲戌年（一七五四）《脂硯齋重評石頭記》，書一開始有一篇凡例。〈凡例〉提到《紅樓夢》的旨義，接著就闡述了幾個書名。「是書題名極多，『紅樓夢』是總其全部之名也。」

〈凡例〉提到的書名有四個：石頭記、紅樓夢、風月寶鑑、金陵十二釵。

原作者寫這部小說時，最早曾經想過的書名有可能一是「石頭記」，一是「紅樓夢」。「石頭記」是「自譬石頭所記之事」，「紅樓夢」則講家族繁華幻滅，是整部書的總綱。

似乎小說一面寫，一面有幾個家族親人一起閱讀，一起手抄，一起討論，在原稿上作批註，留下意見，也讓書名一直有所變動。

有人可能覺得這部書有告誡青年情慾妄動的危險，就建議叫做「風月寶鑑」。〈凡例〉中說：「是戒妄動風月之情。」

〈凡例〉還舉例說：書中賈瑞暗戀王熙鳳，難耐情慾煎熬，病重的時候，有跛道人給他一面鏡子，鏡子上就鑿有「風月寶鑑」四個字。賈瑞沒有遵守跛道人囑咐，在鏡子中與虛幻的王熙鳳一次一次做愛，終於遺精虛脫而死。

建議用「風月寶鑑」，當然是以為這本書可以提醒情慾熾熱、不克自制的青年人謹慎借鏡。

「風月寶鑑」的確看起來很「勵志」，像一面鏡子（鑑），讓年輕讀者看到書中如賈瑞耽溺情慾的下場，可以有所鑑戒。但是，顯然「風月寶鑑」聽起來又有點八股，小說寫到太有勵志目的，也會拘限了創作的自由與人性廣度，「風月寶鑑」這個書名當時也就有人不表示贊同。

〈凡例〉還提到了第四個書名是「金陵十二釵」。這顯然是因為小說第五回裡，賈寶玉神遊太虛幻境，警幻仙姑帶領他看金陵十二名絕色女子的簿籍，又引領他聽十二支「紅樓夢」的曲子，歷述書中十二名首要女子的身世命運。因此，以「金陵十二釵」命名，把主題集中在十二個主要女性角色的故事上。

原作者似乎很在意幾次書名的改變，〈凡例〉提過一次，在第一回中不厭其煩又再次被提到。

首先，因為是一塊石頭墮落紅塵經歷的故事，這石頭上就記錄著「此石墮落之鄉，投胎之處，親自經歷的一段陳跡故事。」

按照作者的說法，原創作者就是這塊石頭，是這塊石頭親自經歷的故事，因此理所當然，就叫做「石頭記」。

後來這石頭的故事被一位空空道人看到了，「檢閱一遍」，從頭到尾抄錄下來。空空道人一面抄錄，字裡行間，也彷彿經歷了石頭繁華若夢真幻的一生。

書裡說得好，這空空道人在抄錄中介入石頭的情色世界，「因空見色，由色生情，傳情入色，自色悟空。」等他抄錄完畢，自己也彷彿有深刻的情之一字的領悟，就把自己改名為「情僧」。因為整部書是情僧記錄，就把原來「石頭記」的書名也改為「情僧錄」。

「情僧錄」後來又被一個叫做吳玉峰的人題曰「紅樓夢」，然後又被東魯孔梅溪再一次題為「風月寶鑑」。

有人就嘲笑這孔梅溪，山東人，又姓孔，一副儒家孔子傳人的模樣，正經八百，也很適合連看小說都要有禮教訓示的古板嚴肅。

讀這些書名演變，無論是〈凡例〉或是第一回的「楔子」，人名、事件，清清楚楚，毫不含糊，很容易讓讀者以為是「真的」。但不要忘記，《紅樓夢》的作者是最會玩「真」、「假」遊戲的人，甚至一部書就貫穿著「甄」（真）與「賈」（假）的有趣辯證。

因此，吳玉峰、東魯孔梅溪，或許確有其人，或許根本是小說創作虛擬的一部分。

讀者在「真」、「假」之間，簡直像走鋼索，也讓許多覺得自己精通《紅樓夢》的人，卻誤「假」為「真」，一失足就跌落萬丈深淵。

甲戌本第一回在書名演變最後講到一個人——曹雪芹。

東魯孔梅溪把這部書題名為「風月寶鑑」之後，「後因曹雪芹於悼紅軒中批閱十載，增刪五次，纂成目錄，分出章回，則題曰『金陵十二釵』。」

小說的名字變來變去，又變回到「金陵十二釵」，而且出現了一個修改書稿的人叫曹雪芹。

曹雪芹是原作者？還是如楔子所說，只是刪改書稿的人？

《紅樓夢》一開始的〈凡例〉、「楔子」都非常有趣，很認真在講小說的來歷，但讀者當然知道，也可能是創作者「滿紙荒唐言」的「胡謅」。創作小說一到了這樣自由的「胡謅」，真可以天馬行空，似假似真，好看至極。

創作者用一本正經的〈凡例〉開端，嚴肅到像要寫論文，卻利用一個假的八股文體，放進了完全虛擬的文學自由創作。這部書解放了讀者的思想，不受封建毒害，解脫倫理，解脫教條，可以真正得到心靈的自由。

我喜歡第一回楔子裡說「脂硯齋甲戌抄閱再評」，又把書名改回為「石頭記」。

這時眉批上的紅色小字就提醒大家：「若云雪芹批閱增刪，然後開卷至此，這一篇楔子又係誰撰？足見作者之筆狡猾之甚。」脂硯齋的眉批因此特別提醒讀者，「觀者萬不可被作者瞞蔽了去，方是巨眼。」

太有趣了，一部書，作者和眉批者，作者和刪改者、抄錄者，撲朔迷離，像是同一個人，又不像是同一個人。作者真是「狡猾」，但如果是作者自己告訴讀者他很狡猾，讀者也可能誤入陷阱吧。但我越來越喜愛《紅樓夢》的「狡猾」了。

讀《紅樓夢》像在與作者的「狡猾」捉迷藏，始終找不到他，但彷彿又處處是他的蹤跡。

曹雪芹與脂硯齋，有可能是一起玩這「狡猾」遊戲的兩個人嗎？

二十八

脂硯齋註好了歌

脂硯齋熟悉書中所有人物的命運，更重要的，他看過原作後八十回佚失的原稿。
〈好了歌〉讓脂硯齋想到書裡許多人物的起起落落，
他的批註因此未必一定是在做結局的暗示，
也可能是詮釋整本書裡一切如夢幻泡影的繁華虛幻之感吧。

《紅樓夢》賈府抄家是關鍵大事，這件大事的發生，在小說中不斷透過各種方式被暗示出來。

小說一開始，在第一回，甄士隱就碰到一個跛足道人，聽他唱〈好了歌〉，他初聽不甚明白，只聽到重複的「好」、「了」。跛足道人點破他：「好」就是「了」，「了」也就是「好」。

甄士隱是有悟性的，就當下註解〈好了歌〉，他的註解開示了小說從繁華入幻滅的主線。

甄士隱對〈好了歌〉的註解，脂硯齋在乾隆十九年甲戌本有特別詳細、逐條的批註，也成為許多人藉此探討《紅樓夢》八十回後真正原貌的依據。

我們不妨逐條看一看原文和脂硯齋紅字的側批、眉批：

「陋室空堂，當年笏滿床，」【脂硯齋甲戌年的側批：寧、榮未有之先。】

「衰草枯楊，曾為歌舞場。」【甲戌側批：寧、榮既敗之後。】

這兩個側批講榮國府、寧國府從創建到衰敗的過程。從曾經是做大官的排場（笏滿床），衰敗到「陋室空堂」；曾經歌舞繁華的場所，也落到無人照看，一片衰草枯楊、荒煙蔓草。

「蛛絲兒結滿雕梁，」【甲戌側批：瀟湘館、紫芸軒等處。】

此處脂硯齋的側批直接指出大觀園的瀟湘館、紫芸軒，當年是華美的雕梁畫棟，如今人去樓空，已經結滿蜘蛛網。

「綠紗今又糊在蓬窗上。」【甲戌側批：雨村等一干新榮暴發之家。】【甲戌眉批：先說場面，忽新忽敗，忽麗忽朽，已見得反覆不了。】

這一句側批裡有實際人物出現，指出賈雨村等一些新興權貴的暴發戶。但眉批部分卻似乎不單指個人，而是「忽新忽敗」、繁華敗落的起伏。

〈好了歌〉讓脂硯齋想到書裡許多人物的起起落落，他的批註因此未必一定是在做結局的暗示，也可能是詮釋整本書裡一切如夢幻泡影的繁華虛幻之感吧。

「說什麼脂正濃、粉正香，如何兩鬢又成霜？」【甲戌側批：寶釵、湘雲一干人。】

這是說青春韶華的消逝，寶釵、湘雲，從豆蔻年華的少女衰老成兩鬢成霜的婦人。

脂硯齋如果是熟悉原作者的親屬，也熟悉書中所有人物的命運，更重要的，他看過原作後八十回佚失的原稿。因此，這一句側批，指明寶釵、湘雲的從少女到衰老，這樣的結局，是否對比著下面一段關於黛玉、晴雯的故事？

「昨日黃土隴頭送白骨，今宵紅燈帳底臥鴛鴦。」【甲戌側批：黛玉、晴雯一干

人。】【甲戌眉批：一段妻妾迎新送死，倏恩倏愛，倏痛倏悲，纏綿不了。】

側批指明黛玉、晴雯的早逝夭亡，是前八十回可以預見的事。但眉批又並不是只寫某一人的結局，「今宵紅燈帳底臥鴛鴦」，顯然是在青春夭亡的哀痛裡有新的情愛纏綿，還是在講舊愛新歡如夢的荒謬錯亂吧。

脂硯齋的批註影響極大，許多人也可能掉進他「一個蘿蔔一個坑」的陷阱。脂硯齋的側批、眉批，拿來一一對比原文，還是讓人覺得有點像隨興筆記，未必是做考證，其實更像參與作者書寫的另類創作。

「金滿箱，銀滿箱，」【甲戌側批：熙鳳一干人。】

「展眼乞丐人皆謗。」【甲戌側批：甄玉、賈玉一干人。】

「正嘆他人命不長，那知自己歸來喪！」【甲戌眉批：一段石火光陰，悲喜不了。風露草霜，富貴嗜欲，貪婪不了。】

脂硯齋的側批越來越直接指涉確定人物，王熙鳳的貪婪搜刮金錢，甄寶玉、賈寶玉落到乞丐的下場，應該都與抄家有關，也是許多人拿來驗證補寫的後四十回的重要依據。但還是要注意他的眉批，基本上還是在談總體現象，不涉及個人。

下面幾條批註更重要了，談的是幾個非主角的人物，看過原作後段的脂硯齋，提供了有意義的思考方向。

「訓有方，保不定日後【甲戌側批：言父母死後之日】作強梁。」【甲戌側批：柳湘蓮一干人。】

這一條批註，張愛玲多次提到。柳湘蓮不是出家了，而是落草為寇。「落草為寇」像是做了土匪，但柳湘蓮本來就習武，也有俠士風，一向看不慣權貴鄙俗，他在小說裡的確是最有「革命」氣質的青年。

「擇膏粱，誰承望流落在煙花巷！」【甲戌眉批：一段兒女死後無憑，生前空為籌劃計算，痴心不了。】

這一句脂硯齋的眉批，沒有特定指涉人物，似乎是講一共相，但許多學者也都指出賈府抄家後有女性淪落妓院。

「因嫌紗帽小，致使鎖枷扛，」【甲戌側批：賈赦、雨村一干人。】

賈赦、賈雨村的貪瀆濫權，的確是抄家關鍵，兩人也都落入刑獄。

「昨憐破襖寒，今嫌紫蟒長。」【甲戌側批：賈蘭、賈菌一干人。】【甲戌眉批：一段功名升黜無時，強奪苦爭，喜懼不了。】

賈蘭在小說一開始就被暗示是抄家敗落後復興的關鍵人物，他是遺腹子，父親賈珠早逝，母親李紈養大，中科舉，做官，復興家業。但在脂硯齋的側批筆下，還是憐憫他又掉入官場泥淖。賈菌的故事後來補寫的部分沒有他了。脂硯齋看過原稿，似乎也透露了某些人物的佚失。

「亂烘烘你方唱罷我登場，」【甲戌側批：總收。】【甲戌眉批：總收古今億兆痴人，共歷幻場，此幻事擾擾紛紛，無日可了。】

「反認他鄉是故鄉。」【甲戌側批：太虛幻境、青埂峰一併結住。】

「甚荒唐，到頭來都是為他人作嫁衣裳！」【甲戌側批：語雖舊句，用於此妥極是極。苟能如此，便能了得。】【甲戌眉批：此等歌謠原不宜太雅，恐其不能通俗，故只此便妙極。其說得痛切處，又非一味俗語可到。】

脂硯齋批註〈好了歌〉被引用得很多，影響很大，這幾年也有人懷疑甲戌本的真偽，尚未成定論，錄此供讀者參考。

二十九

抄家

如果經歷了一次驚天動地的抄家巨變，作者必然一生都戰戰兢兢，
不敢有一字涉及現實。補寫者的意圖卻很清楚，
他在後四十回中努力使抄家變成主線，從這個主線導致家敗人亡。
補寫者是用邏輯在寫小說，與原作者充滿潛意識的迷離恍惚的書寫大相逕庭。

《紅樓夢》的抄家是原著掛心的主題，抄家像是作者一生忘不掉的驚恐。或許那驚恐太大了，作者始終迴避，繞來繞去，想回憶，又害怕回憶。人在巨大災變後會突然失憶，真實，又像是夢。《紅樓夢》作者寫繁華富貴，卻「悲涼之霧，遍布華林」（魯迅語），現實與夢境的恍惚迷離，真與假的曖昧，是因為潛意識中作者始終不敢面對抄家的椎心刺血之痛嗎？

那種感覺，有點像死亡吧，死亡就在前面，而且越來越近，但很少人能坦然面對死亡，繞來繞去，講解脫，講往生，我們也還是在企圖迴避死亡吧。

家族的繁華一旦到了抄家，頃刻間土崩瓦解。讀小說的時候，前八十回，寫著繁華若夢，無論寫得如何雲淡風輕，卻時時刻刻感覺到有一個天崩地裂的事件在等著，那就是抄家。

作者卻從不直接寫抄家，事件慘烈驚懼，卻變成詩句——「好一似食盡鳥投林，落了片白茫茫大地真乾淨！」這是抄家後的家敗人亡，但是事件不見了。作者的書寫不寫實，而更像一個詩人。好的詩句常常是沒有事件的，或者，是事件過了以後淡淡的感懷與領悟。

讀前八十回，抄家的陰影一開始就在。讀者和作者一起感覺到繁華似錦背後，有一個不知何時將要發生的大地震。

賈母有一種直覺，或者說，對繁華必然幻滅的預感。她看戲、祈福，在神前卜筮，卜出當天要看的戲，從「白蛇記」的創業故事，到「滿床笏」的富貴權勢巔峰，賈母都有謹慎。卜出「滿床笏」這齣戲時，賈母好像無奈，她似乎害怕極盛，因為盛極必然是走向衰敗，但她說：「神佛要這樣，也只得罷了。」那一天，最後一齣戲卜出「南柯夢」，所有的繁華都如夢境般過眼雲煙，賈母知道結局，沉默不言語。

《紅樓夢》書寫繁華時處處不安，似乎都因為「抄家」那大地震動的頻率好像越來越近。寶玉身上也有這種直覺，他喜歡熱鬧，喜聚不喜散，隱隱約約他也預知著命定的聚無不散吧。

是什麼原因，作者始終拖著拖著不肯直接寫抄家？然而抄家的陰影卻如夕陽的光越來越逼近，越來越讓人逃離不了暗影的恐懼。

抄家事件第一次正面出現是晚到第七十四回，還是非常委婉的寫法。因為在花園發現了「繡香囊」，王夫人下令夜裡查抄大觀園。查到探春房裡，探春悲傷，說了下面一段話：

「……你們別忙，自然連你們抄的日子有呢！你們今日早起不曾議論甄家，自己家裡好好的抄家，果然今日真抄了。咱們也漸漸的來了。……」

這是小說第一次正面說到「抄家」，說的是「江南甄家」被抄家了。甄（真）家一直是賈（假）家的暗喻。甄家抄家了，探春預感著「咱們也漸漸的來了」。抄家的陰影，原來若遠若近，這是第一次，經由探春口中說出，變得具體了。

到了第七十五回，賈母正式被告知江南甄家獲罪抄家的事，「賈母歪在榻上，王夫人正在說甄家因何獲罪，如今抄沒了家產，來京師治罪。」賈母聽了王夫人的報告，覺得很不自在，但沒有什麼強烈的反應。賈母問了些尋常家務事，點頭嘆氣道：「咱們別管人家的事，且商量咱們八月十五賞月是正經。」

寫到抄家了，寫得這麼事不關己，寫得這麼無所謂。或許經歷過家族慘絕人寰的抄家，才可能理解皇帝下令抄家，是連喊冤都不敢喊的。經歷抄家的家族，連皇帝「賜」死，都要跪地磕頭謝「恩」。

《紅樓夢》的家族如果經歷了一次驚天動地的抄家巨變，作者必然一生都戰戰兢兢，戒慎恐懼，不敢有一字涉及現實。賈母迴避談甄家的抄家，無所事事，談起中秋如何賞月，正是原作最迷人的地方。

八十回以後，抄家不再是陰影了，陰影背後藏著的具體形象出現了。

第九十三回，寫到江南甄家被查抄，江南甄家一直是原作者隱喻的小說真正所在。甄家被查抄了，僕人包勇帶了一封甄應嘉的信，北上投靠賈府。甄家變得真實存在，甄家被抄家也變得具體，有抄家後投奔賈府的僕人出現，有甄應嘉的書信出現，「抄家」原來若即若離、使人不寒而慄的恐懼性突然消逝了。

補寫者的意圖很清楚，他在後四十回中努力使抄家變成主線，從這個主線導致家敗人亡。補寫者是用邏輯在寫小說，與原作者充滿潛意識的迷離恍惚的書寫大相逕庭。

後四十回幾個重大事件：九十三回甄家抄家、九十四回賈寶玉的通靈寶玉遺失、九十五回元春薨逝、九十八回黛玉魂歸離恨天。幾個事件連續發生，到第九十九回，賈政翻閱官方的邸報，看到自己的外甥薛蟠打死人的案件，這案件賈政先前曾經關說過，他是謹慎小心的人，看著看著，有點心驚膽顫起來。像一個人眼皮跳，心裡有了疙瘩，預感著什麼吉凶禍福，但又都說不清楚。

第一〇一回，賈璉看官方邸報，有兩個刑案牽涉到「太師鎮國公賈化家人」、

「世襲三等職銜賈範家人」。賈化、賈範都姓賈，但都與賈府無關，賈璉看了也還是心裡不自在。

真正的抄家事件在第一〇五回發生，回目是〈錦衣軍查抄寧國府〉。錦衣府的趙堂官先到，接著是西平王爺宣讀聖旨，內容是：「賈赦交通外官，依勢淩弱，辜負朕恩，有忝祖德，著革去世職。欽此。」現場許多親友賓客急著擺脫干係，一一溜走，賈赦、賈政嚇得渾身顫抖，面如土色。

抄家是小說中大事，讀第九十三回到一〇五回，從甄家抄家到賈府抄家，明明知道補寫《紅樓夢》的人是應該把抄家當重點來寫，但很奇怪，看著看著，總會揣測，如果是原作者，到底會如何寫這一段？

三十

賈母的死亡

賈母寬容大度，沒有私心，抄家之後不避牽連，讓兩房合併一起過日子。
賈母處處有主事者的果斷明理，有家族領袖的擔當包容。
她是《紅樓夢》原作者最懷念的人吧，「樹倒猢猻散」，
寫到賈母死亡，鴛鴦殉主上吊自盡，家族故事是可以終結了。

賈母是《紅樓夢》裡最重要的一個角色。從小說開始到結束，無論是八十回本的《石頭記》，或是一百二十回本的《紅樓夢》，賈母都是整部大小說貫穿全書的一條主軸。

「樹倒猢猻散」，賈母是那一棵大樹，一代一代的繁華在她眼中過去，如雲如煙，她有許多對家族富貴榮華好幾代的珍惜謹慎，但她也似乎預知著家族的氣數到了繁華盡頭，她有無奈，也無力回天。她疼惜小她六十歲以上的孫兒孫女，呵護他們的青春，在垂老之年，彷彿惋嘆自己的青春逝去，因此也加倍縱容孫子輩盡情活出自己，享有美好的少年生活。

我覺得賈母是有大智慧的人，也是有大福分的人。王熙鳳聰明，但無智慧，凡事斤斤計較，「機關算盡太聰明」，小事都不放過，也就失了福分。

但是賈母疼惜王熙鳳。賈母年輕時管過家，她知道這樣大的家族，上上下下數百人，必須有嚴格的管理，她的兒媳婦王夫人是沒有才幹的人，因此賈母把管家的重責大任交到年輕的王熙鳳手中。王熙鳳是王夫人的內姪女，在名義上也等於是幫助王夫人。王夫人猜疑多忌，不能對下屬信任，但王熙鳳是她的娘家親屬，她才會放任讓王熙鳳一手攬權。賈母知道王夫人難當大任，她跳過一級，直接委任孫子輩的王熙鳳，這是賈母用人的高明處。

在《紅樓夢》一系列討論裡，我數次稱讚賈母是人才訓練班高明的主持者。她訓練出來的人才像鴛鴦，能幹、忠誠、識大體、有分寸，是賈母身邊的特助、女秘書，也是照顧賈母生活的特別看護。賈母早晚冷熱增減衣帽，都由鴛鴦細心注意，沒有人命令她，她可以自動自發把賈母身邊的事處理妥當。賈母管家幾十年，庫房物件存放，鴛鴦一清二楚；賈母想起一件事，鴛鴦立刻回答提點。

我常常羨慕賈母有這樣的幫手，而這樣的幫手是賈母訓練出來的。和鴛鴦一樣，襲人、晴雯、紫鵑，小說裡幾個精采的丫頭，都是賈母人才訓練班出身。賈母把她們分派去照顧寶玉、黛玉，像企業成立分公司。賈母這項能力，正是今日發達的企業管理成功的基礎。王夫人對人猜忌，無法像賈母訓練出好人才；王熙鳳有私心，她用的人如旺兒，要幫她放高利貸，關說司法收賄，也無法像賈母一樣正直大度。

觀察賈母，常常讓人感嘆，她是榮國府、寧國府兩個世襲公爵家族繁華的支柱，這個支柱屹立不搖，寬容博大，智慧而有慈悲，成就上百年的基業；這個支柱一旦倒下，樹倒，自然猢猻星散，家族分崩離析。

家族、企業、政黨、國家，莫不如此，有賈母這樣的支柱才能維繫。賈母一走，失了重心，也失了向心力。

賈母在後四十回中經歷抄家事變，年過八十的老人，一生榮華富貴，看到祖宗世襲的爵位被革去，賈赦、賈珍被羈押，家產抄沒，當然驚嚇到氣逆，奄奄一息。

錦衣府趙全這位堂官，奉聖旨抄家，自然狐假虎威，大呼小叫。他的手下個個摩拳擦掌，都想放手大幹一番，把榮國府、寧國府抄個天翻地覆。抄家這一段，很顯然，趙全像是打手，恨不得藉抄家之名把賈府弄翻過來。但這一段的作者同時又安排了一個西平王爺出場，處處護衛著賈家，擋住趙全的氣勢。

抄家主因是賈赦的貪婪，西平王爺因此想保護賈政，努力試圖讓真正的罪犯賈赦跟賈政區隔開來。

賈赦、賈政是兄弟，都是賈母的兒子。賈母一向不喜歡賈赦，常常指責賈赦不好好做官，一大把年紀，左一個小老婆，右一個小老婆，連賈母身邊的鴛鴦也要動手染指。賈母對賈赦的嫌惡很明顯，賈赦無分寸，在中秋家宴上也曾經用笑話譏諷母親偏心。賈母當然聽出話裡有刺，但她顧大局，容忍而不言語。

第一〇五回抄家這場戲，後來北靜王到，鎮壓住錦衣府趙全的放肆。北靜王本來就與賈政有私交，他在小說前八十回極其疼愛寶玉，常常來往。

這個人物前八十回中出現不多，尊貴而神秘，年輕俊美，不多言語，他親自為寶玉帶回頸脖上的玉，溫柔體貼，卻高深不可測。蔣玉菡貼身的大紅汗巾子明言是北靜王所贈，與少年貌美優伶有如此深的私贈往來，讓撲朔迷離的北靜王這個人物更加層次豐富。

北靜王出面袒護賈府，當然合理，但和前八十回比較，這個人物顯得平面化了，少了耐人尋味的曖昧性。

抄家事件平息後，賈母在第一〇七回把自己一生積蓄的私房錢拿出來，給賈赦、賈珍作路上盤纏，不但公平照顧到譏諷她偏心的兒子賈赦，也同時照顧到另一房寧國府的賈珍、尤氏。

賈母寬容大度，沒有私心，抄家之後不避牽連，讓兩房合併一起過日子。賈母不僅可以和家族上上下下的人安享富貴榮華，在家族遭遇大災難的時候，賈母心中沒有芥蒂，讓族人了解到如何同舟共濟，度過艱難。她豎立起了家族中心人物的典範。

抄家驚嚇傷心，賈母病重，探春遠嫁，湘雲夫婿染病，迎春死亡，第一〇七回賈母分散私人積蓄，是在料理後事了。第一一〇回，賈母八十三歲壽終。

賈母始終有通達的智慧，不拘小節，處處有主事者的果斷明理，有家族領袖的擔當包容。她是《紅樓夢》原作者最懷念的人吧，「樹倒猢猻散」，寫到賈母死亡，鴛鴦殉主上吊自盡，家族故事是可以終結了。

結語

一芹一脂

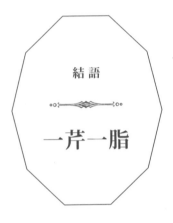

翻看甲戌本脂硯齋批註的《石頭記》，都會注意到第一回眉批上幾行紅色小字：

能解者方有辛酸之淚，哭成此書。壬午除夕，書未成，芹為淚盡而逝。余嘗哭芹，淚亦待盡。每思覓青埂峰再問石兄，奈不遇癩頭和尚何？悵悵！今而後，惟願造化主再出一芹一脂，是書何幸，余二人亦大快遂心於九泉矣。甲午八月淚筆。

這一段話裡談到兩個人——「一芹一脂」，「芹」是「芹溪」，也就是曹雪芹；「脂」是「脂硯齋」，《紅樓夢》最主要的批註者。

這一段話廣泛被《紅樓夢》的考證者引用。這幾年有學者認為，「脂硯齋」是曹雪芹的叔父曹頫，也認為曹頫才是這本書的原創作者，曹雪芹只是參與了創作。他先叔父曹頫去逝，叔父哭曹雪芹，書沒有完成，就「淚盡而逝」。

近幾年也有學者引用這段紅字批註，認為是「脂硯齋」曹頫的「臨終絕筆」，所以寫得如此悽惋。

如果是「臨終絕筆」，這裡脂硯齋說的「一芹一脂」，是指自己和曹雪芹合作的記憶嗎？

脂硯齋是誰？如今沒有定論。《紅樓夢》原作者是不是曹雪芹？如今也沒有定論。

一直到今天，《紅樓夢》的原作者仍然撲朔迷離，許多學者認為是曹雪芹，也影響到一般通俗大眾的閱讀者。如果問：誰是《紅樓夢》的作者？大概九成以上會毫不考慮回答：曹雪芹。

寫《紅樓夢》裡微塵眾生，寫了超過一百篇，我始終避開作者不談，也知道一旦糾纏進作者考證，必然沒完沒了，反而讓讀者可能偏離了閱讀文本的主要興趣。

我當然跟大多數讀者一樣，也充滿對《紅樓夢》原作者的關心。原作者是誰，脂硯齋是誰，當然可能幫助我解開很多閱讀這本小說時心中的迷惑。

從胡適開始，曹雪芹「自傳」的線索就一直影響左右著許多人閱讀這部書的方向，甚至偏離主文，比如津津樂道曹家出了哪位王妃，而小說中「元春」的書寫卻避而不談，顯然重「自傳」而輕「創作」。

做一個假設，如果我們對曹雪芹一無所知，對江寧織造府的故事一無所知，我們從來沒有聽過曹璽，不知道他的妻子孫氏曾經是康熙皇帝的奶媽；也沒有聽過曹寅，不知道他從小跟康熙一起長大的密切關係，不知道他擔任江寧織造時數次接駕的歷史；如果這些背景我們都不知道，我們還會喜歡閱讀《紅樓夢》嗎？

我時常這樣問自己：我是因為這些背景資料才愛上了這部書嗎？

曹寅的長女嫁給了平郡王，曹寅娶了蘇州織造李煦的妹妹，曹寅病重時，康熙關切送藥，曹寅逝世，康熙讓他的獨子曹顒繼續擔任江寧織造。曹顒不幸年輕去世（一七一五），康熙關心曹寅的遺孀李老夫人，特別挑選了同宗的曹頫過繼為曹寅義子，續任江寧織造，也同時孝養李老夫人。

考證上津津樂道的李老夫人，就是書中「賈母」這一重要人物的原型，的確提供了讀者某些領悟。但我還是會問自己，如果我不知道賈母這個人物的原型，小說就不好看了嗎？

因此，文學如何守住文學創作的分寸，考證如何理解考證與文學的分界，會不會是今天《紅樓夢》眾說紛紜的「紅學」迷霧中，應該釐清的方向。

張愛玲的《紅樓夢魘》比較了許多版本，引述了很多考證，然而她還是堅持「《紅樓夢》是創作」，她顯然要跟《紅樓夢》是純粹忠實「自傳」的說法劃清界線。

曹頫繼承了江寧織造，官卻做得不好，雍正五年（一七二七）二月就被參奏「年少無才」，同年十二月就被抄家，連續好幾代興旺的曹氏家族自此沒落，曹頫也下獄勘問。曹頫被釋放是在雍正十三年（一七三五）。

這個曹頫，真的是有些學者說的《紅樓夢》主角賈寶玉的原型嗎？他就是原創作者嗎？他出獄以後就寫這部書？如有些學者所言，他也就是數次批註這本書的「脂硯齋」嗎？

我讀很多考證論述，感謝這些抽絲剝繭的索隱，讓我把小說和史料一一對比牽連在一起，做很多聯想。例如周汝昌先生指證「脂硯齋」即是書中的史湘雲時，我也一度興奮，好像找到了解讀謎團的鑰匙關鍵，可以把許多迷惑一下子打開。

但是，不多久就會發現還會陷入更大的迷惑中。

看到最新針對「原作者是曹頫」的論述，曹頫是最後一任江寧織造，家族繁華敗在他手中，他官做得不好，他會不會就是晚年還在批註這部書的「畸笏叟」？書中常用「滿床笏」作隱喻，「笏」是官位象徵，「畸」是畸型、扭曲、變態。做官失敗，他又活得夠老，「畸笏叟」似乎也只有曹頫最可以擔當。

那麼，他也就是脂硯嗎？然而為何他說「芹溪」、「脂硯」、「杏齋」都先他而去，只剩他「老朽」一人？

我還是墜入迷霧之中。

一般讀者如果興趣在讀小說文本，許多考證細節可能真要適可而止，至少不要傷了讀文學原作的胃口。

庚辰本第二十一回回前批語裡，引用了一個不知名的人提的一首律詩，整段文字如此：

有客題〈紅樓夢〉一律，失其姓氏，唯見其詩意駭警，故錄於斯：「自執金矛又執戈，自相戕戮自張羅。茜紗公子情無限，脂硯先生恨幾多。是幻是真空歷遍，閒風閒月枉吟哦。情機轉得情天破，情不情兮奈我何？」凡是書題者不少，此為絕調，詩句警拔，且深知擬書底裡，惜乎失名矣。

我有興趣的是詩的前兩句，像是暗示同一個人，一手執矛又一手執戈，彷彿左手右手各練一種武功，自己拚搏自己。作者、批註者，都像是「自張羅」。轉錄的人說「失其姓氏」，但是，會不會他們都可能是謎團裡故弄真假的「一芹一脂」？

附錄一

大觀園的叛逆與青春——蔣勳與張小虹對談

文／駱亭伶

以前有「男不讀紅樓、女不讀西廂」的說法，《紅樓夢》為什麼讓人畏懼？又讓誰畏懼？且聽蔣勳與張小虹聊聊大觀園的微塵往事，深入爬梳裡頭的色彩學、戀愛學……，一窺《紅樓夢》叛逆的現代精神。

張小虹（以下簡稱張）：我看蔣老師的書覺得，天啊，還有這一號人物，以前都沒看到。

蔣勳（以下簡稱蔣）：其實我一開始也沒有看到（笑）。我覺得曹雪芹根本不是在寫小說，他們家是在雍正五年、他十四歲時被抄家，寫《紅樓夢》是在拼他十四

攝影：林志潭

歲前的記憶圖像，跟一般人寫小說不是同一回事。

像小虹寫《膚淺》，就該寫薔薇硝和茉莉粉。大觀園的少女們春天皮膚會癢，叫「土潤胎青」，史湘雲犯桃花癬，就跟襲人要薔薇硝。「硝」平常是拿來保鮮肉用的，塗硝當然無趣，就用薔薇花去蒸。以前沒注意到大觀園的保養品都自己做。我想《紅樓夢》可以教我們很多東西，華人要開發女性保養品，可從裡頭去找。

張：真驚人，作者這麼懂，不知道是怎麼養出來的？

蔣：吃喝玩樂吧，十四歲前真是看盡富貴繁華。最近在看第七十五回各房陪賈母吃飯，各房都會送菜來，賈母拜佛吃素，就選了「椒油蒓齏醬」。是用花椒油去調杭州蒓菜剁碎的醬，配米飯剛好。他細寫的都是小菜，大宴沒有一次提到內容。我試著在家裡做。蒓菜很滑，清香像小荷葉，花椒油拌進去，一個熱烈、一個清淡，好像是空城計的諸葛亮，想退隱又想政治上轟轟烈烈一場，真的很特別。但是現在吃過的紅樓宴都不太對，變成富貴人家的山珍海味。有道「胭脂鵝脯」，我推測是用紅糟去醃鵝的胸脯，薄薄幾片，也是小菜，一上來卻是整隻鵝，味道就不對。

張：太滿了。

蔣：他們不懂小菜和大餐之間的區別，富貴人家對品味講究的程度，不是一味的添貴。最好的名牌化妝品是自己慢慢調出來的，如果不是有這個生活經驗，也寫不出來。

我很感動的一段是寶玉一歲抓週，賈政希望他抓官印，結果抓的是女孩的化妝品，父親拂袖而去。這好殘酷，爸爸有一個框框，不走進去我就不喜歡你。可是今天寶玉去做吳季剛或彩妝師也好，哪裡非要去立法院接受質詢？台灣今天上一代給下一代的框框也還在。把《紅樓夢》當成傳統文學來看，遺漏它的叛逆，好看的地方就看不到。

張：蔣老師說的叛逆，其實是很重要的。《紅樓夢》對父權大家長的叛逆，用抓週來凸顯，一開場就已經不是走在正軌上，寶玉生在現在就是拒絕聯考的小子。

蔣：這幾乎是《紅樓夢》的主題。寶玉為何喜歡黛玉多過寶釵，是因為黛玉跟他一樣。有一次寶釵勸他已經長大，也該讀書、做官，他就變臉。寶玉說，林妹妹從來不說混帳話，很直接批判。

第一回講女媧補天，用了三萬六千五百零一塊石頭，但有一塊沒有用，這塊石頭因此自怨自艾，「別人都有用，為何我沒有？」於是開始修行，最後變成一個小男孩，它的神話隱喻本身好有趣。

我最近錄有聲書，想跟十幾歲的孩子們說，如果你覺得你無用，那很棒，可不可以從你的無用開始思考？我們從小沒有機會、也不敢去從這角度想，路變得好窄。現在讀書的框架比我們以前還嚴重。

張：現在想要無用還是會被訓斥，前陣子就有討論年輕人生平無大志，只想開咖啡館。

蔣：我常想，給孩子抓週一個桌上可以放多少東西？

張：他現在一定會去抓 iPad。

蔣：如果有 iPhone 6 我已經要抓了，我想賈寶玉生在現在也一定會用。

張：朋友以前一直阻止我買，她說 iPhone 3 之後邊角設計都太方，不好看，現在終於可以買了。

蔣：你看，有一天我們回憶生活，其實就是這些，跟大觀園一樣，絕對不是什麼立大志。我們小時候作文寫的志向後來發現都是假的，那像另外一種抓週。

張：哈，我都說我要當外交官，其實我不喜歡社交。但從小學舞，舞蹈老師說：你們以後都要當外交官夫人。那我不要當夫人，要當外交官。

蔣：很好玩，所以《紅樓夢》能從這個角度寫真了不起。有一次寶玉跟襲人辯論，他說這些讀書人「文死諫、武死戰」，好無聊。我真的嚇一跳，因為從小岳飛、文天祥是我們的偶像。

寶玉覺得他死的時候，姐妹們的眼淚流成大河，把屍首沖到看不見的地方，隨即化了，這是死得其所。但他後來看到齡官愛賈薔，痴情的不得了，又領悟其實這輩子只是各人得各人的眼淚而已。如果用沙特的存在與虛無提到死亡的概念，會覺得它好現代，每個人都是獨立的個體，不是為了一個集體虛擬的價值。

張：寶玉也喝法國的紅葡萄酒，好有趣。

蔣：因為賈家跟傳統做官的系統又不一樣，他是江寧織造，等於是當時全國最大的紡織業中心，所以跟外洋做生意。《紅樓夢》講服裝、講色彩簡直驚人。

張：有一次吃飯，你從上海回來戴了Cashmere的圍巾，我想起以前為什麼不敢碰《紅樓夢》，這裡頭有一種階級的恐懼。所謂「富過三代，才懂吃穿」，因為覺得自己沒有那樣的品味而畏懼。我記得圍巾有紅綠兩面，那個綠是松花綠，但原本我的配色系統只有一種綠。這些學問本身是很生活的，一旦當成品味，就有階級的想像。

看蔣老師的書有一種療癒的作用，過去因為沒有這樣的品味所造成的焦慮，被平復了。其實只要有那個敏感度，是可以進得去那個世界的。現在有太多《紅樓夢》的書，談園林、建築、食譜、衣飾考等，但是當成考證來研究時，就不好玩了。

蔣：千萬不要研究。

張：要去感受，其實要的是敏感度，作者有那樣的敏感度去描繪大觀園的世界，而蔣老師也有那樣的敏感度從細節中讀出來，做為一個讀者好幸福。

蔣：我喜歡鶯兒，手好巧，是薛寶釵的丫鬟。賈寶玉被爸爸打爛屁股，養傷沒事幹，請鶯兒打絡子，就是中國結。鶯兒是個不識字的小丫頭，但她有長年做手工配色上的講究，她說：汗巾子如果是大紅，要用黑色去壓。用了「壓」這個字，是Prada常用的紅黑撞色。

鵝黃要配一點蔥花綠，就會很嬌嫩；後來講到寶玉身上那塊玉，最不好配，要用金線穿黑色珠子去壓玉色。我就想華人的色彩學已經垮掉，現在是把西方的學問翻譯過來，一知半解。色彩跟光線和質感有關，如果不是真的在生活中講究服裝，這些東西其實是假的，沒辦法真正在生活中出現。

我最近去喬治亞吃了鱒魚，當地盛產石榴，魚頭用石榴子鑲起來，真是漂亮，因為鱒魚的腹部有一點淺粉，像彩虹，掌廚的是一個民間的老太太。從生活裡去找很好玩，但若變成研究，我現在反而怕吃太強調創意的料理。

剛才小虹講的富貴，或是紅樓宴弄到虛張聲勢，是因為假設了有多麼富貴，就有多麼賣弄。但是別忘了，這些美都不存在了，作者十四歲以後就沒有了，是他回頭去拼起來的，所以《紅樓夢》在繁華裡的荒涼感是非常特殊的。魯迅很厲害，說這本小說是「悲涼之霧，遍布華林」，開滿花的樹林，充滿感傷氣息，才有這樣的感悟與氣氛。

作者寫這本小說，好像是為了跟一生見過的人致歉與告別，不管這緣分是深是淺，即使是只見一面，都一樣慎重。真像《金剛經》說的，所有的人像微塵一樣飄，在風裡轉，不知道我們會跟誰碰面，哪一天又離開。

張：《紅樓夢》裡頭有很多情的糾纏和瓜葛，年輕人也有這樣的問題，有什麼樣的觀點可以提供參考？

蔣：所有的電視劇和通俗劇就是要想辦法讓寶玉和黛玉在一起，也有很多補寫，但是小說從來沒有說要讓他們做夫妻。黛玉是要來還眼淚的，因為前世寶玉一直幫黛玉（絳珠草）澆水。

剛開始我覺得這女孩子老是哭，好慘，後來覺得她好幸福，哭完就可以走了。那是「還」的概念，年輕一代可以慢慢體會。我媽每次做便當就說「我上輩子欠你的」（笑），可是她心甘情願為我做了六年。這是華人世界特有的世界觀，這個跟認命、宿命不同，是平等的，因為別人曾給過我。如果都沒有要還的，是不是也很悲涼？

張：西方的愛情沒有「還」的概念，這本書有很多前世的族譜，提供了一個可以跳脫的空間，當情不是那麼圓滿時。

蔣：還有一個東西以前沒看出來，是用觸覺去講身體的記憶。像有一段，寶玉賴著史湘雲要她幫忙梳頭，我覺得兩個人關係是很深的。一開始史湘雲說不行，我覺得寶玉懷念的是小時候觸覺的親密，後來史湘雲就幫他紮了幾股辮子。我要是賈寶玉的話，頭髮被拉的記憶，可能是一生最大的痛，跟一個人曾經有愛，有一天放不掉的絕對是觸覺。

張：看到這一段，我想起了魯迅。他常常寫辮髮，大部分是慷慨激昂的剪去辮子，但他死前兩天，最後一篇沒寫完的文章，又寫到辮子，突然有一段流露著一種鄉愁，提到以前的辮子有鬆打、緊打，然後有幾股絲線，怎麼樣去纏它。很有趣的，當辮子做為國族文化的象徵，一輩子花了很多時間去批判、攻擊，可是到最後留下的，還是一個關於觸覺的記憶。

蔣：所以他還是一個好作家，非意識型態的。比較偽裝的教育，就會變成身體髮膚受之父母，不是那個東西。整部《紅樓夢》其實都是曹雪芹去找身體的記憶，像寶玉連姐姐妹妹的洗臉水都捨不得倒，裡頭有肥皂沫，他就用來洗臉，我覺得那是他對身體、對氣味的眷戀，絕不是為了那盆水。

他也曾怕晴雯凍壞，要她鑽到他的被窩，捂一下冰冷的手，溫暖也是觸覺。但傳出去也是不得了的，這小少爺必定是色鬼無疑，可是我們看了卻好感動。《紅樓夢》裡頭都是這些細節。我現在很害怕的是，我們的教育裡頭這個東西是不是不見了？因為青春時期這個東西是很強的。

張：我想重讀《紅樓夢》，就是把身體的感覺找回來。現代生活確實快沒有了，我們有幾百種的香氛可挑，所謂美學商品化，但在商品選擇中所營造的生活功能，其實是虛假，不斷更換，不是真的留戀。有時視覺壓倒了觸覺與嗅覺，一道菜端上來，沒有感受溫度與香味，馬上拍照遠距傳送，觸覺的質感越來越少。

蔣：所有的感官中，觸覺最禁忌、最嚴重。

張：現代生活最害怕的就是觸覺，所謂友善、有品味的空間，常常就是把觸覺和味覺排除，剩下視覺性的乾淨。所以為什麼要有文學作品，要把這種身體感官的精微敏感性找回來。很多時候，透過消費體系商品找回來，是假的，要從文字裡頭去找。

蔣：所以我常想，帶著年輕人把《紅樓夢》裡的四種東西：薔薇硝、茉莉粉、玫瑰露、茯苓霜，有一天把它做出來。

對談者簡介：

張小虹，一手寫學術論文，一手寫文化批判；任教於台大外文系，研究領域為女性主義文學、批判理論與文化研究。熱戀衣飾、文學與電影文化，多年來秉持微物書寫路線，以寫作做為知識／姿勢／滋事分子的生命實踐。著有《後現代／女人》、《性別越界》、《膚淺》、《資本主義有怪獸》等。

摘自《小日子享生活誌》二〇一四年十一月號「聊聊天」專題

附錄二

織錦錯落堪對照

文／石曉楓

《紅樓夢》作為一部傳世經典，坊間始終不乏導讀性質的作品，而蔣勳近來繼《紅樓夢青年版》對原書前二十回的詮解，以及《夢紅樓》一書對紅樓夢裡的真假、青春、愛情、生死與珍食異寶等，進行專題專章的討論之後，新著《微塵眾》系列更另闢視角，以《紅樓夢》的小人物為觀照對象，一一予以深情的注視。全書篇幅雖短小輕薄，但基於通俗化、普及化的用心，讀者若能循此閱讀或重讀紅樓，則此書看似單薄，後續所引發的思索卻將滋味無窮，後勁深實。

書題為《微塵眾》，作者自言乃因歡喜《金剛經》以「微塵眾」形容眾生多到像塵沙微粒般，在六道中流轉。這些「碎」為微塵的小人物，在蔣勳筆下其實俱非微塵，而有大作用存焉，或可供作人情之觀照，如劉姥姥者流；或於運命造化之際可起情節推動之功，如冷子興、「門子」者流；或為主角的自我鑑照，如少年秦鐘。

蔣勳論述紅樓小人物時，頗多文學性筆觸，例如講到晴雯撕扇，蔣勳說還有補裘、臨死前咬斷指甲交給寶玉等情節，也都有「裂帛之聲」。寫到寶玉捱打，蔣勳特別指出這男孩下身「一條綠紗小衣，一片皆是血漬」，那種視覺上的衝突更令人觸目驚心。至於「寶玉梳頭」一節，蔣勳且特別強調青春畫面的美好，寶玉見湘雲、黛玉熟睡模樣，用兩名女孩兒用過的水洗臉，又央求湘雲代為梳頭等痴態，種種細節描述，視、嗅、觸、聽、味覺無不具備。這是文學的鑑賞之筆。

而由於本書之前身乃《壹週刊》專欄文字，因此字裡行間又不乏相當生活化的借鑒與思考，由此體現其實用性。例如，蔣勳特別著意於蔣玉菡、北靜王、寶玉、秦鐘、馮淵、薛蟠、香憐、玉愛、金榮等酷兒角色，以為今日酷兒當讀《紅樓夢》。又如，他提出所謂「焦大情結」，指出凡前朝元老式的過氣人物便可稱之，唯安分做自己，不處處顯能，方能免於過氣的悲哀。蔣勳且以戴權影射某些官場嘴臉，以狗兒指涉安逸社會裡無擔當、愛撐場面的窩囊男人，以賈璉的越軌對照世人難免的犯規潛意識與快感。紅樓小人物，實一如你我及周遭眾生百態，以古鑑今、觀照呼應，乃生同情與寬容。

因此，《微塵眾》實為一部紅樓小人物細品錄，字裡行間充具作者一視同仁的平等心。蔣勳用了「織錦」的概念，不憚其煩地強調如二丫頭之類樸實的小人物，是大片閃爍的錦繡裡，忽然置入的灰褐色棉線；劉姥姥與寶玉在同一章節裡交錯，也是華麗細緻的青金色線裡，所埋藏「暗灰沉滯老氣」的線。《紅樓夢》裡繁複的圖紋錦繡，由此織縷而成。而人物與人物間錯落的映襯，是文藝手法，自也是人情觀照，《紅樓夢》因此是懺悔錄，也是一部警世錄。

出自二〇一四年三月八日《聯合報・副刊》「週末書房」書評（古典文學）

附錄三　本書所寫人物關係簡表

薛府

- 薛姨媽
  - 薛蟠
    - （妾）香菱
      - （父）甄士隱
    - （契弟）金榮、香憐、玉愛
      - （母）金寡婦
      - （姑丈）賈璜
  - 薛寶釵

王府

- 王子騰
  - （姪女）王熙鳳（賈璉之妻）
- 王夫人（寶玉母親）
- 薛姨媽（薛王氏，寶釵母親）

史府

- 賈母史太君
  - （姪孫女）史湘雲
    - （丫頭）翠縷
  - （丫頭）鴛鴦、琥珀
    - （父）金彩
    - （兄）金文翔
  - （僕婦）賴嬤嬤
    - （子）賴大、（媳）賴大家的
    - （孫）賴尚榮

江南甄家

- 甄應嘉
  - （妻）甄夫人
  - （子）甄寶玉
  - （僕）包勇

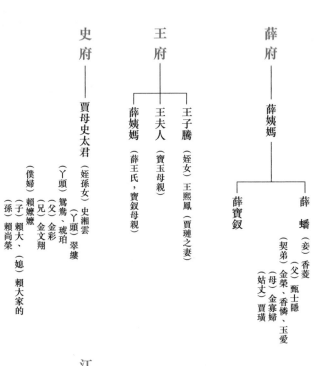

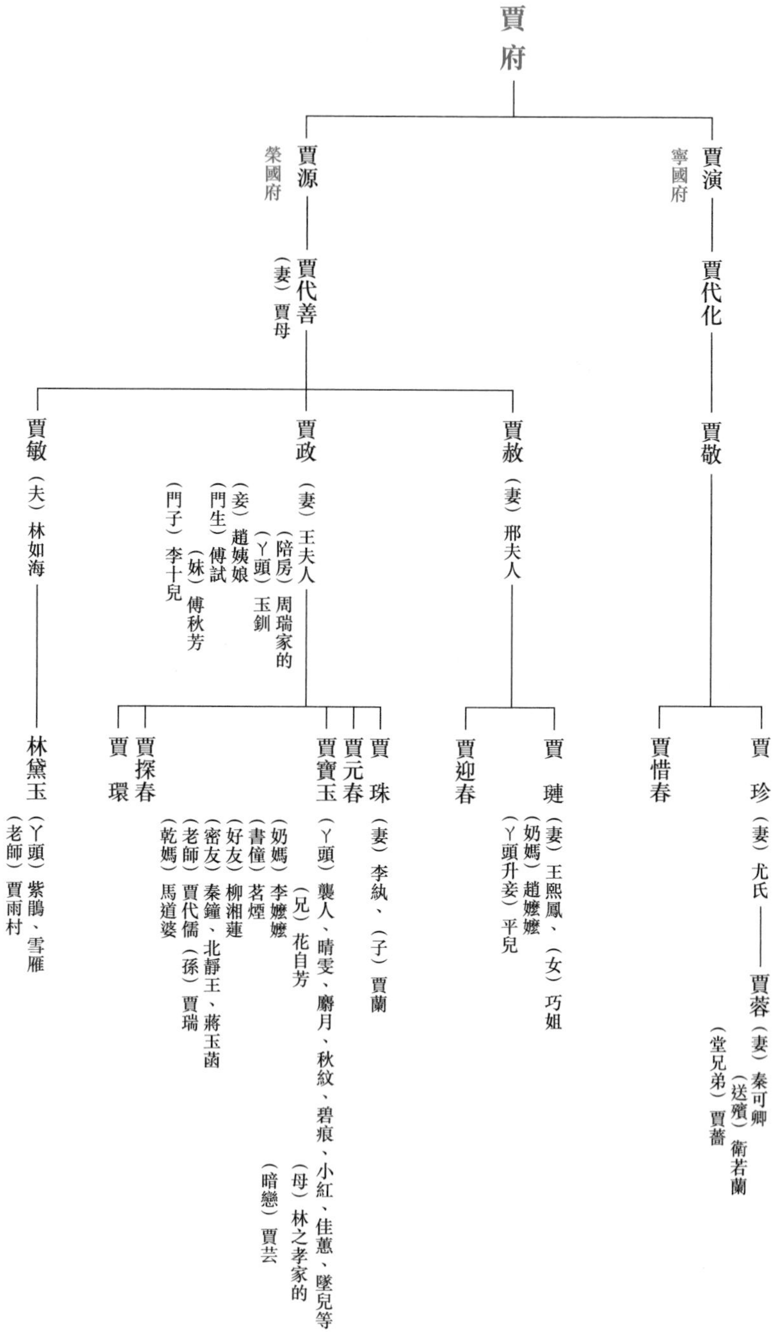
賈府
寧國府
賈演
賈代化
賈敬
賈珍（妻）尤氏
賈蓉（妻）秦可卿
（送殯）衛若蘭
（堂兄弟）賈薔
賈惜春
榮國府
賈源
賈代善（妻）賈母
賈赦（妻）邢夫人
賈璉（妻）王熙鳳、（女）巧姐
（奶媽）趙嬤嬤
（丫頭升妾）平兒
賈迎春
賈政（妻）王夫人
（陪房）周瑞家的
（丫頭）玉釧
（妾）趙姨娘
（門生）傅試
（妹）傅秋芳
（門子）李十兒
賈珠（妻）李紈、（子）賈蘭
賈元春
賈寶玉（丫頭）襲人、晴雯、麝月、秋紋、碧痕、小紅、佳蕙、墜兒等
（兄）花自芳
（母）林之孝家的
（奶媽）李嬤嬤
（暗戀）賈芸
（書僮）茗煙
（好友）柳湘蓮
（密友）秦鐘、北靜王、蔣玉菡
（老師）賈代儒（孫）賈瑞
（乾媽）馬道婆
賈探春
賈環
賈敏（夫）林如海
林黛玉（丫頭）紫鵑、雪雁
（老師）賈雨村

國家圖書館出版品預行編目資料

微塵眾：紅樓夢小人物 V／蔣勳作. --初版. --臺北市：遠流, 2015.12
面； 公分. --（綠蠹魚叢書；YLK89）
ISBN 978-957-32-7744-6（平裝）
1.紅學 2.人物志 3.研究考訂
857.49 104024220

綠蠹魚叢書 YLK89
夢紅樓系列
微塵眾 紅樓夢小人物 V

作者 蔣勳
出版四部總編輯暨總監 曾文娟
資深主編 鄭祥琳
企劃 廖宏霖
美術設計 林秦華
圖片出處
民國本《全圖增評金玉緣》頁22
清光緒本《紅樓夢圖詠》頁28、40、64、82、100、106、112、154、184
清刻本《紅樓夢散套》頁34
清光緒本《增評補圖石頭記》頁46、70、76、88、118、124、136、160、178、190、196
清光緒本《增刻紅樓夢圖詠》頁52、58、94
清光緒本《繡像紅樓夢》頁130
中華書局石印本《石頭記新評》頁142
清光緒本《增評補像全圖金玉緣》頁148
民國本《增評加注全圖紅樓夢》頁166

發行人 王榮文
出版發行 遠流出版事業股份有限公司
地址 臺北市南昌路二段81號6樓
電話／傳真 （02）2392-6899／（02）2392-6658
郵撥 0189456-1

著作權顧問 蕭雄淋律師
2015年12月 1 日 初版一刷
2021年 4 月30日 初版四刷
定價：新台幣300元（缺頁或破損的書・請寄回更換）

ISBN 978-957-32-7744-6
遠流博識網
http://www.ylib.com E-mail: ylib@ylib.com